I0526537

Reprint Publishing

Für Menschen, Die Auf Originale Stehen.

www.reprintpublishing.com

Beiträge

zur

Literatur und Sage

des Mittelalters.

I. Die Mirabilia Romae, nach einer Handschrift des Vatican.

II. Zur Sage vom Zauberer Virgilius.

III. Zur Naturgeschichte des Mittelalters.

Von

Dr. Joh. Georg Theod. Gräße,

Bibliothekar Sr. Maj. des Königs von Sachsen ꝛc.

Dresden,

Rudolf Kuntze.

1850.

Der Königlichen

Landesschule Grimma

bei ihrem

Eintritt in ihr viertes Jahrhundert

am 14. September 1850

dargebracht

von

ihrem dankbaren Zögling

Dr. Th. Gräße.

Es ist von jeher gewöhnlich gewesen, die hundertjährigen Geburtstage großer Begebenheiten und Männer durch Reden, Lieder und Denkschriften zu verherrlichen. Nun wohlan, der Stiftungstag des illustre Moldanum gehört gewiß in diese Kategorie. Da der Unterzeichnete es sich zur Ehre rechnet, ein Zögling dieser Anstalt gewesen zu sein, die er, wie wohl Wenige, in ihren drei Gestalten (als Kind war er fast täglich bei seinem Vater im alten Kloster, als Schüler aber noch im Freihause und später in dem neuen Schulgebäude) gesehen hat, so wird es wohl der Entschuldigung nicht bedürfen, wenn er der Anstalt, welcher er nächst seinem seligen Vater, der als Professor daselbst von 1800—1827 wirkte und noch im Andenken vieler Commilitonen lebt, seine Bildung schuldig ist, durch die Veröffentlichung dieser Schrift ein Zeichen seiner unauslöschlichen Dankbarkeit und Anhänglichkeit giebt. Dies ist von Alters her für einen Literaten das einzige Mittel, seine Erkenntlichkeit auszudrücken, gewesen, wie schon Roms größter Dichter Horaz (Od. IV. 8. ad Censorin.) bemerkt, nur daß dieser von sich sagen konnte: carmina possumus donare et pretium dicere muneri, was freilich der Unterzeichnete nicht im Stande ist. Gleichwohl mögen aber diese Beiträge zeigen, ob ihr Verfasser die universelle philologische Richtung, welche ihm schon auf der Schule theils von seinem Vater, theils nach dessen Tode durch den Privatunterricht, den er von seinem Specialerzieher, Herrn Professor Witzschel, dem er zu größtem Danke verpflichtet ist, erhielt, theils von den verstorbenen Professoren Weichert und Korb, theils von dem Herrn Professor Fleischer, den Gott der Schule noch lange erhalten möge, gegeben ward, mit Glück verfolgt hat Gründe, die nicht hierher gehören, verhindern ihn, dem dreihundertjährigen Wiegenfeste seiner Schule beizuwohnen, es möge also dieses Büchlein seine Stelle vertreten und Zeugniß abgeben, daß er die Stadt, wo er geboren ward, und die Anstalt, der er seine Bildung verdankt, nicht vergessen hat.

Von den Mirabilia Romae, deren Herausgabe von mir für den zweiten Band meiner Ausgabe der Legenda Aurea bestimmt war, giebt es eine große Menge Handschriften, die aber fast alle von einander verschieden sind (s. d. Vergleichung mehrerer Handschriften zu der Stelle de pontibus bei Preller, die Regionen der Stadt Rom S. 243 ff.). Hain, Repertor. bibliogr. P. III. Nr. 11174—11188. p. 414. führt 14 undatirte und eine datirte (Tarvisii 1475. 8.) Ausgaben derselben an *), doch muß man sich sehr hüten, dieses und ein anderes gleichbetiteltes Buch, welches ein Reisehandbuch und Wegweiser für Pilgrime nach Rom ist und auch in deutscher Sprache fast gleichzeitig wie in lateinischer gedruckt ward, zu verwechseln. (Ueber dieses s. Panzer Annal. d. ält. deutsch. Lit. S. 43 ff. 190. 213. 247 ff. 418. Niederer Nachtr. z. Kirchen-, Gel. u. Büch. Gesch. Bd. III. S. 394 ff. IV. S. 123 ff. Am Ende, Freimüth. Betracht. über alte und neue Bücher. Bd. I. S. 36 — 44. Chr. G. Scheider, Comm. hist. lit. de antiquo libello: Mirab. Romae inscripto. Jen. 1756. 4. Meusel Bibl. Hist. Vol. IV. P. II. p. 166 sq. und die von mir in meiner Lit. Gesch. Bd. II. 2. S. 784 ff. angef. Schriften.) Die Edit. Princ. der Mirabilia Romae ist: Mirabilia Romae incipiunt. s. l. et a. (Mantuae J. Wurster) 8. (s. Audiffredi Cat. ed. Rom. p. 392.), wiewohl Brunet T. III. p. 401. die bei Hain Nr. 11175. als zweite hingestellte A. (s. l. et a. [Romae Ad. Rot] —-) für älter hält. Später hat Montfaucon aus einer Handschrift des 13ten Jahrhunderts das Liber de mirabilibus Romae in seinem Diarium Italicum (Paris. 1702. 4.) p. 283 — 298. herausgegeben (abgedr. in: Duae antiquitatum Romanarum prolusiones. Altorf. 1747. 8. Nr. I.). Endlich hat der gelehrte Nibby nach einer Handschrift des 13. Jahrhunderts, welche der Colonna'schen Bibliothek in Rom gehörte, einen von dem der Montfaucon'schen Ausgabe und der Edit. Princ. zu Grunde liegenden höchst bedeutend abweichenden Text (auch in der Aufeinanderfolge der Erzählung) in den Effemeridi letterarie di Roma. 1820. p. 62 sq. 147 sq. 378 sq. veröffentlicht, nach welchem meine Ausgabe, verglichen mit einer von dem H. Regierungsrathe Dr. Schulz mir aufs bereitwilligste mitgetheilten (wofür ich ihm hiermit öffentlich danke) andern Handschrift des Vatican

---

*) Nibby a. a. O. S. 63 nennt 8 aus dem 15ten und 2 aus dem 17. Jahrhundert (doch wohl außer Montfaucon, die: Mirabilia Romae multis locis correcta et ampliata a J. Lupardo Romano. Rom. 1618. 8.?).

(Nr. 3973 d. ált. H. E.), wo zwar der Anfang bis zu dem Capitel De pontibus (S. 5.) fehlt, die aber dafür wieder die passio Abden et Sennen (S. 11.) allein hat und manche höchst merkwürdige Abweichungen enthält *), gemacht ist. Die alte Orthographie und fehlerhafte Interpunction ist überall beibehalten, da sich theils aus dem Zusammenhang, theils aus den Varianten meines Coder, die diplomatisch genau verzeichnet sind, fast überall das Richtige ergiebt. Die Noten sind zum Theil aus Nibby excerpirt, zum Theil mein Eigenthum. Doch habe ich natürlich Alles das weggelassen, was mir jetzt zu meinem Zwecke nicht mehr passend schien. Der gelehrte Maßmann hat bis jetzt H. Keller's (Dyocletianus Leben. Quedlinb. 1841. 8. S. 57.) Versprechen, über eine sehr abweichende Pergamenthandschrift der Mirabilia auf der Stuttgarter Oeff. Bibliothek (ms. hist. fol. Nr. 459.) berichten zu wollen, noch nicht erfüllt, und ich fordere hiermit sowohl diesen als den um die mittelalterliche Literatur hochverdienten Keller auf, ihre Verheißung wahr zu machen. Herr Bibliothekar Dr. Petzholdt ist so gefällig gewesen, mich auf eine (nicht in den Buchhandel gekommene) neue Ausgabe der Mirabilia von E. v. Muralto, dem Director der Kais. Oeff. Bibliothek in Petersburg, aufmerksam zu machen, die den Titel führt: Memorabilia et Mirabilia Romae. Petropoli 1846. 9 S. Text in 8. und 1 Plan in qu. 4. (s. dess. Anzeig. f. Bibl. 1847. Nr. 280. S. 90.), allein es ist mir nicht gelungen, das Büchlein, welches auch H. Preller (in Pauly's Realencycl. Bd. VI. S. 494.) unbekannt geblieben zu sein scheint, zu erhalten, was mir um so unangenehmer ist, als ich nun nicht einmal wissen kann, ob Herr Muralto eine noch unbenutzte Handschrift, oder den alten gedruckten Text des 15ten Jahrhunderts (der geringe Umfang seiner Schrift läßt nur auf einen sehr zusammengezogenen Text schließen), oder die von Montfaucon bekannt gemachte Recension hat abdrucken lassen. Daß jedenfalls die von mir bewerkstelligte Ausgabe der Mirabilia, selbst abgesehen davon, daß man die v. Muralto'sche Edition bekommen könnte, nicht unnütz ist, er-giebt sich übrigen daraus, daß alle Handschriften verschieden sind, und erst eine sorg-fältige Vergleichung der einzelnen unter einander und genaue Sichtung der in sie ge-kommnen fremden Elemente dürften einen Text herstellen, der den Anforderungen einer strengen Kritik Genüge leistet. Von besonderem Nutzen würde dann aber L. Preller's Artikel Roma in Pauly's Realencycl. Bd. VI. S. 493—544 und seine treffliche

---

*) z. B. p. 8. lin. 9. die nicht zu begreifenden Worte: pudicatores qui pudicabunt eam, (doch wohl *paedicatores qui paedicabant eam* zu lesen?), welche gleichwohl kaum interpolirt sein können.

Ausgabe des Curiosum Urbis Regionum quatuordecim cum breviariis suis und der Notitia regionum urbis Romae cum breviariis suis (die Regionen der Stadt Rom, n. d. best. Handschr. u. m. einleit. Abhandlungen u. einem Commentar begl. Jena 1846. 8.), verglichen mit Platner's, Bunsen's, Gerhard's, Urlich's u. A. Beschreibung Roms (Stuttg. 1830—42. III. 8.) und Becker's Handbuch der Römischen Alterthumer (Lpzg. 1843 ff. II. 8.) u. Diss. de Romae veteris muris et portis (Lips. 1842.) sein, auf welche Schriften fortlaufende Rücksicht zu nehmen der Zweck dieser Arbeit, einen bloßen Textabdruck dieses merkwürdigen Buches zu geben, nicht erlaubte. Sollte vielleicht eine bessere Zeit mir gestatten, meine Sammlung von Untersuchungen über die Quellen- und Textgeschichte der Legenda Aurea (zwischen ihr und den Mirabilia Romae besteht nämlich, was die Legende anlangt, eine ziemlich bedeutende Beziehung) umzuarbeiten und zu veröffentlichen, und während dieser Zeit das Urkundenbuch zu Platner's Beschreibung Roms, in welches auch die Mirabilia Romae aufgenommen werden sollten, erschienen sein, so würde ich nochmals auf diesen Gegenstand zurück- kommen und unterstützt von gelehrten Freunden eine durchgreifende Kritik der Mirabilia zu geben mich gemüßigt sehen. Dr. Papencordt starb leider bekanntlich, ehe er seine critische Ausgabe derselben vollenden konnte.

Als Zugabe wird sich die Mittheilung über Virgil's Thätigkeit als Zauberer in Neapel gewiß entschuldigen lassen. Sie mag als Probe dienen, daß die Untersuchung über diesen Gegenstand noch nicht abgeschlossen ist. Zu bedauern ist es, daß meines verstorbenen Freundes, Herrn Dr. Echtermeyer's, diesen Gegenstand betreffende Ab- handlung, die, so viel mir bekannt ist, noch handschriftlich zu Halle in der philosophischen Facultät liegt (sie war der Gegenstand seiner Doctorpromotion) nie gedruckt ward.

Was endlich die zweite Abtheilung meiner Schrift, die Mittheilungen über Sagenstoffe aus der Naturgeschichte anlangt, so ist diese rein selbstständige Arbeit und von mir mit vieler Mühe nach und nach aus meinen Studien über das Mittel- alter zusammengestellt worden. Ich habe fast überall Originalquellen dabei zu Rathe gezogen, und Specialuntersuchungen über diesen Gegenstand, wie z B. in der Revue Britannique 1835. Juin p. 435 sq. Sur les animaux apocryphes, sind von mir nicht benutzt worden, weil sie mir nicht zugänglich waren. Allerdings habe ich auch nur die bekanntesten Gegenstände herausgenommen, da Untersuchungen über locale Fabelthiere, wie deren vorzüglich in Frankreich*) viele vorkommen, unfruchtbar gewesen sein würden.

---

*) So gab es hier eine Chicheface, ein Thier, welches die guten Frauen fraß, und eine Bigorne, welche die braven Männer speiste (beide besingt der englische Dichter Lydgate [† 1440] in seiner

**

2

QUOT PORTE SUNT IN TRANSTIBERIM.

Porta Septimiana. Septem najades vincto jano[1]. Porta Aurelia vel Aurea[2]. Porta Portuensis.

DE ARCUBUS.

Hii sunt arcus triumphales. Arcus Aurelii Alexandri ad S. Celtium[3]. Arcus Theodosii et Valentiniani, et Hadriani Imperatorum ad S. Ursum; foris portam Appiam ad templum Martis. Arcus triumphalis. Arcus Titi et Vespasiani[4]. Arcus Constantini juxta Amphiteatrum. Arcus septem Lucernarum[5] ad Sanctam Mariam Novam[6] inter Pallanteum[7] et templum Romuli[8]. Arcus Cesaris et Senatorum[9] inter edem Concordie,[10] et templum Fatale[11]. Juxta S. Laurentium in Lucina est arcus triumphalis Octaviani[12]. Est arcus ad S. Marcum. Denique arcus qui nunc vocatur Antonini, qui vocatur manus carnea[13]. In capitello arcus panis aurei[14].

DE MONTIBUS.

Hii sunt montis infra urbem. Janiculus. Aventinus. Qui et Quirinalis dicitur[15]. Celius mons. Capitolium. Pallanteum. Exquilinus. Viminalis.

1) In cod. Viscont. legitur: septem naides junctae jano, cf. Spartian, Vita Severi c. 19; thermae Severianae ejus denique etiam Jani in transtiberina regione ad portam nominis sui etc.

2) Cod. Viscont. addit: quae nunc dicitur S. Pancratii; quo nomine utebatur tempore Procopii hodieque.

3) Leg. Ad S. Celsum et verba ita ordinanda: Arcus Aurelii Alexandri: Ad S. Celsum arcus Theodosii et Valentiniani et Gratiani imperatorum. Ad S. Ursum.... Foris portam Appiam ad Templum Martis arcus Triumphalis.

4) Differt ab arcu Titi, qui et dicitur Septem Lucernarum.

5) Ita dictus a candelabro, qui in eo insculptus est.

6) Hodie: Porta di S. Francesca Romana.

7) H. e. mons Palatinus cf. Virg. Aen. VIII. 53.

8) Est Templum Romae Deae ab Hadriano conditum.

9) Est Arcus Septimii Severi.

10) Ruinae ejus detectae sunt a. 1817.

11) Templum Jani est intelligendum ita dictum etiam tempore Procopii a proxime adstantibus statuis trium Parcarum, quibus nomen erat Tria Fata.

12) Arcus erectus in honorem Marci Aurelii destructus a pont. max. Alexandro VII.

13) Cod. Visc. haec ita: Est arcus ad S. Marcum qui vocatur manus carnea: tempore quo Diocletianus Imperator S. Lucinam matronam pro fide Christi in urbe cruciabat, jussit eam extendi ad verbera, ut fustibus mactaretur. Et ecce qui eam caedebat, factus est lapideus, manus autem ejus carnea remansit: propter hoc locus ille vocatur ad manum carneam.

14) Legendum: Capitolio. cf. Tac. Ann. XV, c. 18.

15) Ante pronomen Qui editor Romanus lacunam esse antiqui nominis Quirinalis conjicit. At Montfaucon Diar. p. 284 legit.: Aventinus, qui et Quirinalis dicitur.

3

DE THERMIS.

Thermae Antonianae. Thermae Domitianae. Maximianae. Licinii. Diocltianae. Tiberianae. Novatianae. Olimpiadis. Agrippinae. Alexandrinae.

DE PALATIIS.

Palatia. Palatium majus in Pallanteo[1]. Palatium Severini[2]. Palatium Claudii. Palatium Constantini[3]. Palatium Sussurianum[4]. Palatium Volusianum. Palatium Romulianum. Palatium Gratianum. In Romuliano Palatio sunt due edes Pietatis et Concordie, ubi posuit Romulus statuam suam dicens: non cadet donec virgo pariat. Statim ut virgo peperit, illa corruit. Palatium Trajani et Adriani, ubi est Columna[5]. Palatium Neronis ubi est sepulcrum Julii Cesaris[6]. Palatium Cromatii[7]. Palatium Pompei[8]. Palatium Titi et Vespasiani foris Romam catacumbis[9]. Palatium Octaviani.

DE THEATRIS[10].

Theatra Titi et Vespasiani ad Catacumbas[11]. Tarquinii et Imperatorum ad Septem Solium[12]. Pompei ad Septem Laurum[13]. Antonini juxta pontem Anto-

1) Legend. *Palatino*, vulgo: Palazzo Maggiore.

2) Legend. *Severi* et intelligend.: il Portico di Ottavia; hac enim aetate quaevis ingens moles dicebatur palatium.

3) Fortasse intell. Thermae Constantini.

4) Leg. Sessorianum, et intell. Ruinae palatii et horti Elagabali, antiquitus dicti Horti Variani.

5) H. e. in Foro Trajani.

6) Ed. Rom. conjicit aut legendum *Forum I. C.*, aut quum apud Anon. Mabillonii legatur: „Palatium Neronis. Ecclesia S. Petri ad Vincula," illo palatio hortos Neronis in Vaticano, sub sepulchro Caesaris qualemcunque tum temporis ita nominatum tumulum intelligi vult. Mir. R. ap. Mab. Diar. p. 284 haec ita: palatium Neronis, ubi est agulia (h. e. obeliscus) S. Petri; palatium Julii Caesaris, ubi est etc.

7) Ms. Visconti: „Ad S. Stephanum in Piscina qui est prope ecclesiam S. Blasii in gatto secuta fuit palatium Chromatii praefecti." Est ergo in confinibus della chiesa di S. Lucia della Chiavica e di S. Stefano in Piscinola.

8) Theatrum Pompeji.

9) Sunt ruinae in circo Caracallae, dictae etiam Palumbium Vespasiani in vicinia catacumbarum S. Sebastiani.

10) Intelligendus est Circus T. et V.

11) Est Caracallae circus.

12) Est circus maximus a Tarquinio Prisco exstructus et medio aevo dictus Septem Solium.

13) Est pars urbis juxta theatrum Pompeji, ubi hodie est la chiesa di S. Andrea della Valle et il Campo di Fiori. Mab. Diar. p. 286: Pompei ad S. Laurentium in Damasco.

1*

4

nini¹. Alexandri juxta S. Mariam Rotundam². Ciceronis juxta Castellum Crescentii³, et Flamineum⁴.

DE LOCIS QUE INVENIUNTUR IN SANCTORUM PASSIONIBUS.

Hec sunt loca que inveniuntur in passionibus Sanctorum. Foris portam Appiam, ubi Beatus Xistus decollatus est Dominus apparuit Petro. Domine quo vadis⁵. Templum Martis intus⁶. Intus portam arcus Stillae⁷. Deinde regio Fasciolae ad S. Nereum⁸. Vicus Canarius ad S. Georgium, ubi fuit domus Lucilli, et est velum aureum⁹ ibi. Aqua Salvia ad S. Anastasium, ubi decollatus fuit Beatus Paulus. Ortus Lucine, ubi est Ecclesia S. Pauli, et requiescit inter ludum et inter duos ludos¹⁰. Clivus Scauri¹¹, qui est inter amphiteatrum et stadium¹² ante septem solium¹², ubi est cloaca¹⁴, ubi jactatus fuit S. Sebastianus, qui revelavit corpus suum Lucinae, dicens: invenietis corpus meum pendens in gunito¹⁵. Via Cornelia per Pontem Milvium, et exit in Stratam¹⁶. Via Aurelia juxta girolum¹⁷. Gradus Eliogabali in introitu palatii¹⁸ et insula catenata post S. Trinitatem¹⁹. Arcus Stillans ante septem solium²⁰. Arcus Roma-

---

1) Est aut theatrum Balbi aut Circus Flaminii, restauratus ab Antonino illo, cujus nomen et fert pons hodie dictus Sisto, olim Janiculus.

2) Circus Alexandri, hodie: Piazza Navona.

3) Leg. *Neronis*, circus enim Neronis situs erat prope Castellum S. Angeli, quod decimi saeculi fine dicebatur Castellum Crescentii.

4) Leg. *Flaminium*.

5) Hodieque exstat La chiesa di Domine quo Vadis.

6) *Intus* adv. delendum.

7) Schol. ad Iuven. III. v. II. „madidam Capenam ideo, quia supra eam aquaeductus est, quem nunc appellant arcum stillantem: primum enim usque ibidem fuerunt portae, quae porta Capena vocabatur."

8) Ecclesia olim dicta Fasciolae.

9) h. e. Velabrum. Et ante et post M. R. in Diar. Ital. p. 287: semper *Lucillae* legunt.

10) Leg. *In Tellure* h. e. inter templum Telluris in vicinia fori Nervae.

11) Clivus qui ducit „da S. Gregorio alla chiesa de' SS. Giovanni e Paulo".

12) H. e. Circus Maximus.

13) Dicebatur Settizonio et erat e regione S. Gregorii.

14) Deducebat etiam aquas ex Amphitheatro.

15) Leg. *gumpho*. Diar. Ital. *gumfo*. cf. Du Cange *s. v.* Gumphus.

16) Legendum: „Via Cornelia, quae prope Pontem Milvium exit in stratam."

17) Fortasse Circus Hadriani in pratis.

18) Fortasse Gradus pulchri littoris, qui ducebant ad palatium imperatorium parte occidentali Palatini.

19) Inde hodie regio Romae urbis haud procul della chiesa della Trinita de' Pellegrini dicitur i Catinari.

20) H. e. Porta Capena. Diar. Ital.: *arcus Syllae*.

5

nus[1] ante Aventinum, et Albiston[4], ubi Beatus Silvester et Constantinus osculati sunt, et diviserunt se. In tellure[3] et in canapara, ubi fuit domus Telluris. Privata Mamertini ante Martem sub Capitolium[4]. Vicus Patricii ad Sanctam Pudentianam. Vicus Laterici ad Sanctam Praxedem. Basilica Jovis ad S. Quiricum[5]. Thermas Olimpiadis, ubi assatus fuit Beatus Laurentius in panispèrma. Palatium Tiberianum[6], ubi Decius et Valerianus recesserunt mortuo S. Laurentio. Circus Flamineus ad pontem Iudeorum[7]. In Transtiberim Templum Ravennatum[8] et fundens oleum ubi est S. Maria[9].

DE PONTIBUS.

Hii sunt Pontes. Pons Milvius. [10] (ᵃ) Pons Adrianus. [11] (ᵇ) Pons Neronianus. [12] (ᶜ) Pons Fabricius [13]. Pons Gratianus [14] (ᵈ). Pons Senatorius. [15] (ᵉ) Pons Marmoreus Theodosii, [16] et Pons (ᶠ) Valentinianus [17].

1) Quis sit, in medio relinquitur. Diar. Ital.: *inter loco praep. ante* habet.

2) Cf. Mart. Polon. Chron. I, 7: „ibi prope fuit S. Balbina in Asbeston, ubi fuit mutatorium Caesaris. Ibi fuit Candelabrum factum de lapide Asbeston, qui semel accensus et sub divo positus nulla arte exstinguitur: qui locus inde dictus Asbeston, quia ibi fiebant albae stolae Imperatorum". Fazio degli Uberti, Dittamondo L. II. extr. :

Vidi el Termi de Dioclecian bello
Et guarda' l'Albescon et Sette Soglio
Il qual fue tal che ancor de lor novello.

3) H. e. in Templo Telluris. Diar. Ital.: *in Cellure, id est, Cannapara.*

4) Privata h. e. Carcer. Hic carcer, apostolis Petro et Paulo dedicatus, qui ibi detenti esse feruntur, hodieque exstat sub Capitolio forum versus.

5) Fortasse templum Nervae. Tum leg. *Thermae.*

6) Pars Palatii exstructa a Tiberio et inde dicta Domus Tiberiana.

7) Pons Fabricius, hodie: Quattro-Capi, dictus propterea Iudaeorum, quia hi, priusquam a Paulo IV in insula illa Ghetto dicta includerentur, hic viciniae habitare solebant.

8) Civitas Ravennatum dicebatur il Trastevere, quia ibi milites Ravennates domicilia sua habebant.

9) Fons olei dicitur la chiesa di S. Maria in Trastevere, quia ibi natalibus Christi olei fons ortus esse ferebatur: qui locus hodieque monstratur.

10) Il ponte Molle.

11) Il ponte Elio o S. Angelo.

12) Il ponte Trionfale; hodie est destructus: aedificatus erat a Nerone, quo facilius hortos suos in Vaticano adiret. Diar. Ital.: *Neumanus, pons Antoninus* legit.

13) Il ponte Quattro-Capi.

14) Ponte di S. Bartolommeo. Cur Gratiani dicatur, cf. Symmachi Or. in laud. Gratiani §. 9. Ammian. Marc. XVII. 4.

15) Olim Pons Palatinus, hodie il Ponte Rotto.

16) Pons Sublicius, tum Aemilius dictus; apud Aethicum in Cosmogr. dicitur Lapideus.

17) Il Ponte Sisto, dictus Ianiculensis vel Antonini.

a) *milvius.* b) *ni.* c) *nus. Pons Antoninus.* d) *Gregorianus.* e) *Senatorum.* f) *pons.*

6

DE CIMITERIIS[1](a)

Cimiterium Calepodii ad S.(b) Pancratium, Cimiterium S.(c) Agathae ad
Girolum,(d) Cimiterium Ursi ad portesam, Cimiterium S.(e) Felicis, Cimiterium(f)
Calixti juxta Catacumbas,(g) Cimiterium Pretestati juxta[2](h) Portam Appiam
ad S.(i) Apollinarem, Cimiterium Cardianum[3] foris Portam Latinam, Cimite-
rium(k) inter duos Lauros ad S.(l) Helenam,[4] Cimiterium Ursini[5] pilleatum(m)
ad S. Vivianam[6], Cimiterium in agro Verano ad S. Laurentium[7], Cimiterium S.
Agnetis, Cimiterium(n) fontis S. Petri, Cimiterium Priscillae.ad Salarium[8], Cimite-
rium(o) Cucumeris[9], Cimiterium Tosonis ad S.(p) Saturninum[10], Cimiterium S.(q)
Felicitatis juxta Cimiterium(r) Calixti. Cimiterium(s) Pontianum[11], Cimiterium
S. Hermetis, et Domicillae(t), Cimiterium S. Ciriaci via Hostiensi.

DE IUSSIONE OCTAVIANI IMPERATORIS ET RESPONSIONE SIBILLAE.

Tempore Octaviani Imperatoris(v) Senatores videntes eum tantae pulchri-
tudinis(w) quod nemo in oculos ejus intueri poterat, et tantae perspicacitatis
et pacis(x) quod totum mundum sibi tributarium fecerat, dicunt(y) te adorare
volumus, quia Deitas(z) est in te. Si hoc non esset non tibi omnia essent per-
specta. Qui renitens indutias postulavit, ad se Sibillam Tiburtinam(z) vocavit,(zz)

---

1) Hodie dicuntur Catacombe.

2) Cod. Viscont. legit *intus.*

3) Cod. Viscont. recte: *Gordiani.* Diar. Ital. p. 286: *Concordianum.*

4) Ed. Rom. „Fuori delle mura a Tor Pignattara dove si pone il Sepolchro di S.
Elena".

12) Leg. *Ursi Pileati.* Cod. Viscont. „Cimiterium Ursum pileatum ad S. Bibianam."

6) Leg. *Bibianam.*

7) Cod. Visc. addit: foris muros.

8) Cod. Visc. *ad Salarium pontem.*

9) H. e. ad portam Salariam. Diar. Ital. habet: *C. ad clicum Cuc.*

10) Cod. Visc. *Transonis* alii: *Thrasonis.*

11) Cod. Viscont: Cimiterium S. Felicitatis, Cimiterium Pontiani juxta Cimiterium
Callixti.

---

a) *Cimiteria.* b) *calepodii adsanctum.* c) *Stae.* d) *Girulum.* e) *ursi ad pontem
sanctum et cimiterium Sancti.* f) *cimeterium.* g) *Catacombas.* h) *praetestati intus.* i) *sanctum*
k) *Cimeterium Gordiani foris portam latinam Cimeterium.* l) *lauros ad sanctam.* m) *cimeterium ursi pillearum.* n) *sanctam Bivianam. Cimeterium in grani veranum ad sanctum
Laurentium. Cimeterium Sancte agnetis. Cimeterium...* o) *sancte petre. Cimeterium Pris-
cille ad pontem salarium. Cimeterium...* p) *Trasonis ad sanctum.* q) *et cimeterium sanctae.*
r) *Cimeterium,* s) *Cimeterium.* t) *Cimeterium Ermetis et Domicillae.* u) *imperatoris.* v) *tante
pulchritudinis.* w) *posset, et tante prosperitatis et pacis.* x) *et dicunt.* y) *quia divinitus.*
z) *subirent prospera. Quod renitens, inducias postulavit. ad se sibillam tiburtinam.* aa) .

7

cui quod Senatores(^{a}) dixerant recitavit. Quae(^{b}) spatium trium dierum petiit, in quibus artum jejunium operata est. Post tertium diem respondit Imperatori(^{c}). Hoc pro certo erit, Domine Imperator(^{d}), judicii signum(^{e}) tellus sudore madescet. E caelo Rex(^{f}) adveniet per secla futurus. Scilicet in carne praesens,(^{g}) ut judicet orbem;(^{h}) et caetera quae(^{i}) sequuntur. Illico(^{k}) apertum est caelum, et nimius splendor(^{l}) irruit super eum. Vidit in caelo quamdam(^{m}) pulcherrimam virginem stantem super altare(^{n}) puerum tenentem in brachiis. Miratus est nimis(^{o}), et vocem dicentem audivit(^{p}), haec ara filii Dei est, qui statim in terram procidens(^{q}) adoravit. Quam visionem retulit Senatoribus(^{r}), et ipsi mirati sunt nimis. Haec(^{s}) visio fuit in camera Octaviani Imperatoris(^{t}) ubi nunc est Ecclesia S. Mariae(^{u}) in Capitolio. Ideo dicta est S. Maria Ara Coeli(^{v})

QUARE FACTI SUNT CABALLI MARMOREI[1].

Caballi(^{w}) marmorei ad quid(^{x}) facti fuerunt nudi(^{y}), et quid nunereut(^{z}), et quid sit quod ante Caballum quedam(^{aa}) femina circumdata sedet serpentibus(^{bb}) habens concam ante se(^{2}). Temporibus Tiberii Imperatoris(^{cc}) venerunt Romam duo Philosophi juvenes Praxitelis et Fidia[3](^{dd}). Quos Imperator(^{ee}) cognoscens tantae sapientiae raros in palatio suo habere voluit, et(^{ff}) dixerunt ei se esse(^{gg}) tante sapientie, ut quidquid imperator eis(^{hh}) absentibus in die vel in nocte consiliaretur(^{ii}), ei usque ad unum verbum dicerent. Dixerunt itaque ei domine Imperator, quidquid nobis absentibus in die vel in nocte in camera tua dixeris, dicemus tibi(^{kk}) usque ad unum verbum. Quibus Imperator(^{ll}) ait(^{mm}), si facitis quod dixistis, dabo vobis quidquid(^{nn}) vultis. Qui respondentes dixerunt. Nullam(^{oo}) pecuniam, sed(^{pp}) nostrorum memoriam postulamus. Veniente altero die

---

1) Intelligendi celeberrimi Colossi in Quirinali, quos Castorem et Pollucem esse hodie constat.

2) Erat Medusa, quae ante se magnum habebat craterem.

3) Cod. Viscout.: „In cilio montis fuit Templum Jovis et Dianae, quod nunc vocatur mensa Imperatoris. Ibi in palatio Constantii fuit Templum Saturni et Bacchi, ubi nunc jacent simulacra eorum. Ibi juxta sunt equi marmorei etc.

---

a) senatores. b) Que. c) imperatori. d) hoc pro certo erit domine imperator. e) signum. f) madescet E celo rex. g) . h) orbem. i) cetera que. k) ilico. l) coelum et splendor maximus. m) ridit in celum quandam. n) altare. o) miratus est nimis p) . q) hec ara filii dei est. Qui statim procidens in terram. r) senatoribus. s) Hec. t) imperatoris. u) ecclesia sanctae Marie. v) Id circo dicta est ecclesia sancte Marie ara celi. w) Caballi. x) quod. y. . z) nuncirnt. aa) caballos. bb) serpentibus circumdata sedet? cc) imperatoris. dd)) Juvenes, Praxitelus et fidia. ee) imperator. ff) tante sapientie, caros in suo palatio habuit. Qui gg) ei esse se. hh) ut quicquid imperator nobis. ii) nocte in camera sua consiliaverit. kk) ei ll) imperator. mm) ait nn) quicquid. oo) nullam. pp) sed.

per ordinem retulerunt Imperatori quidquid preterita nocte (a) consiliatus est, unde fecit(b) eis permissam prelibatam(c) memoriam eorum sicut postulaverunt. Equos nudos videlicet(d) qui calcant terram(e), potentes principes hujus seculi qui dominant homines hujus mundi. Veniet Rex(f) potentissimus qui ascendet super equos, et(g) super potentiam(h) hujus seculi. In hoc seminudi qui stant juxta equos, et(i) altis brachiis et replicatis digitis numerant(k) ea que futura erant, et sic(l) ipsi sunt nudi,(m) ita omnis mundialis scientia(n) nuda et aperta est mentibus eorum. Femina circumdata serpentibus sedens, habens concam ante se[1](o) pudicatores qui pudicabant(p) eam, ut quicumque(q) ad eam ire voluerit, non poterit(r) nisi prius lavetur in conca illa.

DE NOMINIBUS JUDICUM ET EORUM MUNERIBUS.

Primicerus id est prima manus[2]. Chera enim grece latine manus dicitur. Primicerus apud grecos papia vocatur. Ipse debet habere curam de clavibus totius palatii, et esse ibi honorabilis apud Imperatorem, die noctuque in palatio existere debet. Secondicerens in secunda manu, apud grecos vocatur deptereus[3], in palatio honorabilis est, et ibi esse debet die et noctu, corone et omnium vestimentorum, que per festivitates induecuntur, ipse debet habere curam. Numenclator latine apud Grecos questor dicitur, Ipse debet habere curam de viduis et orphanis et omnibus xenodochiis et apud eum debet disputari de testamentis, primus defensor latine apud grecos prohecdicos vocatur, debet habere homines sub se, qui defendant sedem Imperii. Arcarius qui ab arcano dicitur, debet scire secreta consilia imperatoris et colligere censum. Sacellarius debet habere curam monasteriorum ancillarum dei et in festivitatibus debet introducere ante Imperatorem. Protoscrinarius et primus scriniariorum. Bibliothecarius apud Grecos logothenos[4]. Referendarius ipse debet renunciare omnem scriptionem ad Imperatorem.

DE COLUPNA ANTONINI ET TRAJANI(s).

Columna Antonini coclidis(t) habet in altum pedes CLXXV(u) gradus num. CCIII fenestris(v) XLV.[5] Columna(w) Trajana Coclidis habet in altum pedes

1) Mir. R. ap. l. l. haec ita: ante se, significat Ecclesiam multis scripturarum voluminibus circumdatam, quam quicunque

2) Du Cange Gloss. s. v. primicerius, a: primus in ceram h. e. tabulam relatus.

3) Leg. *deuterus* h. e. *δευτερος*. Antea Diar. Ital. pro *papia* legit: *primi — prima*.

4) Leg. *Logothetes*.

5) Pedes sunt 133½, gradus 190, fenestrae 41.

a) *imperatori quicquid in illam preteritatam noctem.* b) . *Unde.* c) *praelibatam* d) *videlicet nudos.* e) *terram idest.* f) *res.* g) *id est.* h) *potentiam principum.* i) *et.* k) *nunciant.* l) *et sicut.* m) . n) *sciencia.* o) *concam habens ante se.* p) *pudicaverunt.* q) *ut quicunque.* r) *non poterit* s) — t) *Columpna Antonini Coclidis.* u) *CLXXV.* v) *Gradus numero CCIII Fenestras.* w) *Columpna.*

CXXXVIII gradus n.(a) CLXXXV(b) fenestras XLV[1]. Coliseum(c) anphiteatrum habet in altum pedes submissales CVIII.[2](d)

QUARE FACTUS SIT EQUUS QUI DICITUR CONSTANTINI.[3]

Lateranis[4] est quidam(f) caballus aereus(g) qui dicitur Constantini,(h) sed non est ita, quia(i) quicumque voluerit veritatem cognoscere(k) hoc perlegat. Tempore Consulum(l) et Senatorum quidam Rex(m) potentissimus(n) de orientis partibus Italiam venit,(o) ex parte Laterani Romam obsedit(p) multa strage et bello(q) populum Romanum afflixit. Tunc quidam armiger magne forme(r) et virtutis audax et prudens surrexit, qui dixit Consulibus et Senatori(s)bus:(t) si esset qui liberaret vos de hac tribulatione, quid a Senatu promereretur?(u) Qui respondentes dixerunt ei(v) quidquid(w) ipse poposcerit mox obtinebit; qui ait eis(x), date mihi XXX millia sextertias(y) et memoriam victorie mihi facietis post peractum bellum,(z) et optimum equum. Qui promiserunt se facturos quicquid(aa) ipse petierat. Qui ait:(bb) media nocte surgite(cc), et omnes armamini, et state intra(dd) muros in specula, et quidquid(ee) vobis dixero facietis,(ff) et illi continuo fecerunt imperata. Qui ascendit equum sine sella et tulit falcem,(gg) per plurimas enim(hh) noctes viderat illum regem ad pedem cujusdam arboris pro necessario venire,(ii) in cujus adventu cocovaja,(kk) que in arbore sedebat semper cantabat. Ille autem(ll) exivit urbem et fecit herbam, quam in fascem(mm) religatam portabat ante se more scutiferi(nn). Qui statim ut audivit cocovajam*) cantitantem(oo) accessit propius, et(pp) cognovit illum regem venisse ad arborem. Ivit(qq) ergo contra eum, qui jam egerat necessaria.(rr) Socii qui erant cum rege(ss), putabant illum esse suorum, ceperunt clamare ut ipse auferret(tt) se de via ante regem. Sed ille non dimittens,(uu) propter eos,(vv) fingens se hoc(ww) loco abire invexit(xx) se regi, et pro fortitudine sua illis omnibus spretis(yy)

---

1) Pedes habet 149, gradus 8 et fenestras 43.
2) Pedes sunt 153. cf. Ammian. Marcell. XVI. 10.
3) Equus Marci Aurelii dicebatur saeculo XIII. Constantini.
4) Cod. Viscont.: In campo Lateranensi prope palatium Domini papae etc.

---

a) *numero.* b) *CLXXXV.* c) *Coloseus.* d) *C. VIII.* e) — f) *Laterani est quaedam* g) *ereus.* h) . i) *ita est. Quia.* k) . l) *consulum.* m] *senatorum quidam rex.* n) . o) . p) . q) *bellis.* r) *magnae formae.* s) *consulibus et senatori-* t) . u) *senatu promereret.* v) . w) *Quicquid.* x) . *Qui ait eis.* y) *Date mihi. XXXVI. tertias.* z). aa) *sicut.* bb) *ait* cc) *surgias.* dd) *juxta.* ee) *et quicquid* ff) . gg) . hh) *plurimas.* ii) . kk) *cocovala.* ll) *vero.* mm) *quam in fasce.* nn) *scuterii.* oo) *cocovalam cantantem* pp) *propius accessit et ut.* qq) *ivit.* rr) *qui jam peregerat necessarium* ss) *rege* tt) *auferat.* uu) — vv) — ww) *de.* xx) *junexit.* yy) *spretis, vi.* *) *cocovaja, id est noctua.*

arripuit regem(a) et portavit eum. Mox cum venisset ad muros civitatis cepit clamare:(b) exite(c) foras,(d) et interficite omnem exercitum regis, quia ecce ipsum teneo captivum. Qui exeuntes alios interfecerunt,(e) alios in fugam miserunt, unde(f) Romani innumerabile(g) pondus auri et argenti habuerunt, sic gloriosi(h) ad urbem redierunt, et quod(i) predicto armigero promiserant persolverunt,(k) XXX scilicet millia(l) sextertias et equum aereum(m) pro memoria deauratum,(n) et sine sella ipso desuper residente, extensa(o) manu dextera, qua(p) ceperat regem. In capite equi(q) memoriam cocovaje,(r) ad cantum cujus victoriam fecerant(s). Ipsum quoque regem,(t) qui parve persone fuerat retro ligatis manibus sicuti eum sub ungula(u) memorialiter destinaverunt(v).

QUARE FACTUM SIT PANTHEON(w).

Temporibus Consulum(x) et Senatorum(y) Agrippa Prefectus(z) subjugavit romano Senatui(aa) Suevios, Saxones(bb) et alios occidentalis(cc) populos cum(dd) quatuor Legionibus,(ee) in cujus reversione tintinnabulum statue Perside, que(ff) erat in capitolio(gg) in templo Jovis et Monete uniuscujusque(hh) regni totius orbis erat Statua[1] in Capitolio(ii) cum tintinnabulo ad collum, statim(kk) ut sonabat tintinnabulum,(ll) cognoscebant illud regnum esse rebelle,(mm) cujus tintinnabulum audiens Sacer(nn)dos,(oo) qui erat in specula(pp) in ebdomada sua,(qq) nuntiavit Senatoribus(rr). Senatores autem hanc legationem(ss) prefecto Agrippe imposuerunt. Qui renuens non posse pati tantum negotium,(tt) tandem convinctus(uu) petiit consilium trium dierum,(vv) in quo termino quadam nocte ex nimio cogitatu obdormivit. Apparuit(ww) ei quedam femina que ait(xx): Agrippa quid agis? In(yy) magno cogitatu es. Qui respondit ei: sum Domina. Que(zz) dixit: confortare,(A) et promitte mihi templum factum esse(B) quale tibi ostendo et dico tibi(C) si eris victurus. Qui ait: faciam Domina. Que in illa visione ostendit(D) ei templum in hunc modum. Qui dixit(E) Domina que es tu, que(F) ait ego sum Cibeles(G) mater Deorum, fer(H) libamina Neptuno qui est

1) Has statuas exstruxerat, ut fabula fert, Virgilius magus, cf. Keller, Li romans des sept sages. p. CCVII sq. Dyocletianus Leben p. 57.

a) . b) . c) *Exite.* d) . e) — f) . *Unde.* g) *inestimabile.* h) *argenti gloriosi.* i) *et quid.* k) . l) *milia.* m) *ereum.* n) — o) *et extenta.* p) *dextra que.* q) *ejus.* r) *coccovole.* s) *fecerat.* t) — u) *eum ceperat sub ungula equi.* v) *destinavit.* w) — x) *consulum.* y) *senatorum.* z) *praefectus.* aa) *senatui.* bb) *et Saxones.* cc) *occidentales.* dd) — ee) . ff) *pside quae.* gg) *Capitolio sonuit.* hh) *Monetae. Unius cujusque.* ii) *statua in capitolio.* kk) . *Statim.* ll) — mm) — nn) *sacer-* oo) — pp) *speculo.* qq) — rr) *senatoribus.* ss) — tt — uu) *convictus.* vv.) . ww) *apparuit.* xx) . *quae ait ei:* yy) *in* zz) *respondens ei. Sum domina. Quae.* A) *Conforta te.* B) *te templum facturum.* C) — D) *ostendens.* E) : F) . *Que.* G) *Ego sum Cibiles.* H) . *Fer*

11

magnus Deus, (a) ut te adjuvet. Hoc templum fac dedicari(b) ad honorem meum et Neptuni, (c) quia tecum erimus et vinces. Agrippa vero surgens letus, (d) hoc recitavit in Senatu. Cum (e) magno apparatu navium, (f) cum quinque Legionibus ivit(g) et vicit omnes Persidas (h), et posuit eos annualiter sub tributo Romani Senatus(i) Rediens Romam fecit hoc templum, (k) et dedicari fecit ad honorem Cibelis matris Deorum et Neptuni Dei Marini, et omnium demoniorum, et posuit hoc templo nomen Pantheon. Ad honorem cujus Cibelis fecit Statuam (l) deauratam, (m) quam posuit in fastigio Templi (n) super foramen(o), et cooperuit eam mirifice tegmine ereo deaurato 1(p). Venit(q) Bonifacius Papa tempore Foce Imperatoris Cristiani (r), videns illud templum ita mirabile, dedicatum ad honorem Cibelis (s) matris Deorum, (t) ante quod multotiens(u) a demonibus Cristiani (v) percutiebantur, rogavit (w) Papa Imperatorem(x), ut condonaret ei hoc templum ut sicut in kalendis Novembris (y) dedicatum fuit ad honorem Cibelis (z) matris Deorum, sic illud dedicaret in kalendis Novembris (aa) ad honorem Beate(bb) Marie semper Virginis, (cc) que est mater omnium Sanctorum. 1(dd) Quod Cesar ei concessit. Et Papa(ee) cum omni Romano populo in die Kalendis Novembris dedicavit(ff) et statuit, (gg) ut in isto die Romanus Pontifex(hh) ibi celebraret missam, et Papa(ii) accipiat corpus et sanguinem Domini sicut in die natalis Domini. Et(kk) in isto die omnes Sancti cum matre sua Maria semper Virgine(ll) ex(mm) celestibus spiritibus habeant festivitatem, (nn) et defuncti habeant per ecclesias totius mundi sacrificium per redemptionem(oo) animarum suarum.

*) Quicumque voluerit praedicare passiones sanctorum Abden et Sennen Jn Xisti Laurentii et ceterorum, ex una parte sicut dixit lectio provident pro qua causa Imperator eos occidisset. Ita incipiens. Orta tempestate sub Decio multi Christianorum necati sunt presidente in urbe Roma Galba. Ex alia sicut de Romana historia sic incipiant et predicentur. Fuit quidam Imperator Nomine Gordianus cujus signifer fuit Philippus in legionibus, quem Gordianum impera-

1) Haec statua olim erat in Basilica Vaticana, nunc conspicitur in hortis Belvedere.
2) Dedicatum fertur Pantheon a Marco Agrippa calendis Novembr.
*) Deest totum hoc caput legendam Abd. et Senn. continens in exempl. Nibb. Breviter hanc leg. refert J. de Voragine c. 106. (ed. mear.)

a) *Dominus.* b) *dedicare.* c) . d) — e) *senatu. et cum.* f) — g) *legionibus ivit.* h) *Persas.* i) *senatus.* k) . l) *Cibeles. Fecit statuam.* m) . n) *templi.* o) *foramen,* p) *coopruit cum mirifico tegimine.* q) *Venit itaque.* r) *imperatoris Christiani.* s) *cibeles.* t) . u) *multociens.* v) *Christiani.* w) . *Rogavit.* x) *imperatorem.* y) *kl. Novembr.* z) *Cibcles.* aa) *kl. Novembr.* bb) *beate.* cc) *virginis.* dd) *sanctorum.* ee) *et pontifex illud.* ff) *kl. Novembr. dedicavit.* gg)) — hh) *pontifex.* ii) *celebret missam et populus.* kk) *Dni et.* ll) *vergine.* mm) *et.* nn) — oo) *pro redemptione.*

12

torem dominum suum Philippus Christianus interfecit et abstulit fili Imperium. Qui habebat filium nomine Philippum. Cui Imperatori Philippo adhesit quidam miles nomine Decius, paganus Pannoniensis. Qui crevit in militia ex bona fama apud imperatorem, et apud milites et senatus in sensu, prudentia, et largitate. Cui imperator cum senatu dederunt legationem cum quatuor legionibus. contra occidentalem populum qui rebellis erat, qui ivit et obsedit eos et per multa bella vicit. In reversione milites jugiles laudabant eum et dicebant: o si noster esset imperator omnia haberemus bona. Qui delectatus verbis militum conspiravit cum eis quatenus ipse haberet imperium et daret eis ducatus, marcas, comitatus, honores in curia et thesaurum Philippi. Veniens autem Decius in partes Ligurine Philippus imperator iverat apud Veronam. Audiens ejus reversionem benefice eum suscepit. Transacto illo die Deciani milites clam omnes armati sicut cum suo futuro imperatore pepigerant. Decius autem cum occulto ense medio die ivit ad curiam imperatoris et intravit in papilionem projiciens Conorarium foras. Philippum imperatorem suum in lecto dormientem evaginato Gladio percussit inter nasum et labium et sic interfecit eum. Qui statim exivit foras sonuit signum. Omnes sui milites occurrerunt ei circa papilionem sicut praeposuerant. Milites Philippi audientes dominum suum oecisum a Decio fugerunt. Qui in ipso timore vocati a Decio ne timerent sed ejus amici efficerentur. tandem reversi sunt ad eum magis timore quam amore. Cumque audisset Philippus junior qui Romae erat patrem suum Philippum interfectum a Decio pagano timuit. et fugit ad beatum Xistum Romanorum Papam dicens. Domine pater, pater meus mortuus est quem impius Decius interfecit. Rogo te ut thesaurum patris mei apud te habeas occultum. Si evadere possum quod non occidat me reddes mihi thesaurum. sin autem non habeas pro ecclesia. Decius veniens intravit Romam et accepit imperium magis virtute quam amore. Cepit perquirere Philippum juniorem, ille absconsus erat. tantem magnis promissionibus et muneribus invenit eum quem occidit et inquisivit ubi esset thesaurus Philippi. Quidam dicebant habere eum Xistum Papam Christianorum, quidam esse Philipoli Greciae. Statim venit et legatio de Persida dicens eos esse rebellos et tintinnabulum statne personuit. Ordinato Romae suo vicario Galba, duxit secum filium suum Decium. expugnavit et vicit omnes Persas. et cepit Abden et Sennen sicut lectio manifestat, quos cognovit clarissimos genere eduxit aureis catenis catenatos Cumque reverteretur posuit obsidionem Philippoli. Interim nuntius venit a Roma et Galbam esse mortuum nuntiavit. Reliquit ibi filium suum Decium cum parte exercitus, aliam secum duxit Romam, cum Abden et Sennen. Cumque venisset Romam, interrogavit de thesauris Philippi quos non poterat certius invenire. Occidit istos sanctos Martyres clarissimos Abden et Sennen in Amphitheatro. Indicatum ei fuit quod Xisus episcopus populorum Christianorum haberet thesaurum Philippi, cepit eum et multis tormentis maceravit eum. et quia per eum de thesauris certior esse non potuit jussit eum Valerianus capitis subire sententiam. Cumque duceretur ad decollandum; beatus Laurentius exclamavit et dixit noli me derelinquere pater sancte quia thesauros tuos jam expendi quos tradidisti mihi. Tunc milites audientes de thesauris, ante semptemsolium in via nova tenentes beatum Laurentium duxerunt cum Parthenio tribuno.

QUARE OCTAVIANUS VOCATUS SIT AUGUSTUS, ET QUARE DICITUR ECCLESIA S. PETRI AD VINCULA.

Interfecto Julio Cesare a Senatu Octavianus ejus nepos sumpsit Imperium. Contra(*) quem Antonius ejus cognatus cujus bajalus(b), etipost mortem Cesaris remanserat(c) nitebatur multo certamine ci auferre imperium;(d) repudiata Octaviani Sorore(e), duxit in uxorem Cleopatram reginam Egipti, potentissimam in auro et argento,(f) et lapidibus pretiosis,(g) et populo. Cumque Antonius et Cleopatra cum magno apparatu navium et populi contra Romam venire cepissent, hoc Rome(h) auditum est. Octavianus vero cum vigente(i) apparatu ivit et aggressus est(k) eos ad Epirum;(l) et sic orta est pugna. Navis regine(m) que tota deaurata erat(n) cepit declinare. Antonius videns navem regine declinare declinavit, quam insecutus est usque Alexandriam quo(o) irruit in ferrum(p) et mortuus est. Cleopatra autem videns se conservatam pro triumpho,(q) ornata auro et lapidibus pretiosis(r) voluit sua pulchritudine Octavianum decipere. Sed(*) non potuit videns(t) se ita despectam, ita ornata intravit in Mausoleum viri sui(u), et posuit ad mamillas duas ptisanas(v) quod est genus serpentis(w) et ita suaviter suxerunt, quod(x) obdormivit et mortua est. Octavianus tulit inde infinitam pecuniam ex illa victoria,(y) et triumphavit Alexandriam et Egiptum(z), et totam regionem Orientis,(aa) et ita victoriosus reversus est Romam. Et(bb) susceperunt eum Senatores(cc) et omnis populus Romanus cum magno triumpho. Et(dd) quia victoria ista fuit in sextilibus Kalendis(ee) posuerunt ci nomen Augusti(ff) ab augendo Rempublicam(gg). Et statuerunt ut omni anno in Kalendis Augusti tota civitas habeat(hh) festivitatem letitie illius prelibate victorie ad honorem Octaviani Cesaris Augusti,(ii) et tota urbe floreat et gaudeat(kk) in tanta festivitate. Hic ritus pervenit usque ad tempus Arcadii viri Eudoxie(ll). Mortuo ejus marito remansit cum filio suo(mm) Theodosio parvulo, que(nn) viriliter regebat imperium(oo), ac si(pp) ejus vir Arcadius(qq) viveret. Inspirata

---

a) *imperium, contra.* b) *Bajulus.* c) , d) — e) *octaviani sorore.* f) — g)]. b) *Romae.* i) *ingenti.* k) — l) . m) *reginae* n) *erat deaurata.* o) *qui.* p) *ferro,* q) — r) *preciosis.* s) , *sed.* t) . *Vidit.* u) *intravit ita mausoleum ornata viri sui.* v) — w) . x) *suxerr que.* y) — z) *Egyptum.* aa) — bb) *et.* cc) *senatores,* dd) *et.* ee) *calendis.* ff) . gg) m *publicam.* hh) *haberet.* ii) . kk) *urbs gaudeat et floreat.* ll) *Archadii viri Eudoxiae.* mm) . nn) . *quae.* oo) *ipsum.* pp) *acsi.* qq) *Archadius*

divino nutu et negotio Reipublice([a]) ivit Jerosolimam, sepulcrum([b]) Dei et alia Sanctuaria([c]) visitavit. Inter([d]) multa negotia Reipublice([e]) comprovinciales([f]) detulerunt ei ingentia munera,([g]) inter que quidam Judeus attulit ei catenas B.([h]) Petri Apostoli quibus ligatus fuit ab Erode([i]) in carcere sub quatuor conternionibus. Quas([k]) ut vidit regina nimirum letata([l]) est super omnia alia munera. Cogitavit eas catenas non alibi([m]) poni in condigno loco,([n]) nisi ubi corpus B.([o]) Petri requiescit in pulvere. Veniens autem Romam in kalendis Augusti vidit illum antiquissimum ritum paganitatis a populo Romano, tam([p]) celeberrime fieri in sextilibus kalendis,([q]) quem nullus Pontificum removere potuit, aggressa([r]) est papam([s]) Pelagium,([t]) et Senatores, et populum([u]), quatenus hoc munus quod petere vellet,([v]) ei concederetur([w]). Cui diligenter condonare promiserunt. Regina vero dixit:([x]) video vos tam sollicitos in sextiles festivitates in honorem Imperatoris([y]) mortui Octaviani pro Victoria([z]) quam fecit de Egiptiis, rogo([aa]) vos ut mihi donetis honorem Imperatoris([bb]) Celestis,([cc]) et Apostoli ejus Petri, cujus catenas a Jerosolimis([dd]) adduxi. Et([ee]) sicut ille liberavit nos ab Egiptiaca([ff]) servitute, ita iste imperator([gg]) liberat nos([hh]) a servitute demonum. Et volo facere ecclesiam([ii]) ad honorem Dei et B.([kk]) Petri ibique ponere catenas,([ll]) quam ecclesiam Domino B. Apostolo Dominus Apostolicus dedicabit([mm]) in kalendis Augusti, et([nn]) vocetur S. Petrus ad Vincula([oo]) iuti([pp]) Dominus Apostolicus([qq]) annualiter([rr]) in hac ecclesia missarum sollepnia([ss]) celebret. Et([tt]) sicut B.([uu]) Petrus solutus ab Angelo fuit,([vv]) ita Romanus populus a peccatis cum benedictione liberatus recedat. Quod populus audiens gravissime suscepit, tandem rogatu pape et regine([ww]) concessit. Que fabricavit ecclesiam quam Dominus papa([xx]) dedicavit in kalendis([yy]) Augusti,([zz]) sicut Eudoxia christianissima imperatrix([A]) proposuerat, ubi([B]) posuit catenas B.([C]) Petri prelibatas,([D]) et catenas B.([E]) Pauli Neronianas,([F]) ut ibi populus Romanus([G]) in hoc die kalendarum Sextilium confluat et salutet catenas([H]) Apostolorum Petri et Pauli.

---

a) *rei publicae.* b) *Hierosolimam sepulchrum Domini.* c) *sanctuaria,* d) *inter.* e) *rei publicae.* f) *Comprovinciales.* g) — h) *beati.* i) *Herode.* k) *quaternionibus, quas.* l) *laetata.* m) *non alibi eas catenas.* n) — o) *beati.* p) *tunc.* q) — r) *. Agressa.* s) *Papam.* t) — u) *senatores et Populum.* v) — w) *concederent.* x) — y) *imperatoris.* x) *victoria.* aa) *. Rogo* bb) *imperatoris mortui Octaviani ad honorem Imperatoris.* cc) — dd) *ab Hierosolimis.* ee) *, et* ff) *vos ab Egyptiaca.* gg) *ita iste imperator celestis.* hh) *liberat vos.* ii) *Ecclesiam.* kk) *beati.* ll) — mm) *Dominus apostolicus dedicet* nn) *. Et* oo) *Sanctus Petrus ad vincula.* pp) *ubi* qq) *apostolicus.* rr) *annuatim* ss) *solempnia* tt) *et* uu) *beatus.* vv) *ab angelo solutus fuit.* ww) *papae et reginae.* xx) *Papa* yy) *kalendis.* zz) — A) *Imperatrix.* B) *. Ubi* C) *beati.* D) — E) *beati.* F) — G) *Romanus populus.* H) *Catenas.*

15

DE VATICANO ET AGULIO.

Infra palatium(a) Neronianum est templum(b) Apollinis,[1](c) quod dicitur S.(d) Petronilla[2],(e) ante quod est Basilica que(f) vocatur Vaticanum(g) ex mirifico musibo,(h) laqueata auro et vitro(3). Locus(i) dicitur Vaticanum quare vates et sacerdotes(k) canebant ibi sua officia(l) ante Templum(m) Apollinis,(n) et idcirco tota pars ecclesie S.(o) Petri Vaticanum vocatur[4]. Ibique est aliud Templum(p), quod fuit vestiarium(q) Neronis[5],(r) quod nunc vocatur S.(s) Andreas[6], juxta quod est memoria Cesaris[7] in agulia[8], ubi splendide cinis ejus in suo sarcofago requiescit, ut sic eo vivente totus mundus ei subjectus fuit,(t) ita eo mortuo usque in finem seculi subicietur(u). Cujus memoria inferius ornata fuit tabulis ereis et deauratis litteris latinis decenter depicta. Superius usque(v) ad malum[9] ubi(x) requiescit,(y) auro et pretiosis(aa) lapidibus decoratur, ubi(bb) scriptum est: Cesar(cc) tantus eras quantus et Orbis: Et(dd) nunc in modico claudis(ee) auro. Et hec(ff) memoria sacrata fuit suo more,(gg) sicut adhuc apparet et legitur[10]. In paradiso S.(hh) Petri[11] est cantar(ii) quod fecit

---

1) Anastas. Bibl. Vita S. Petri: „Sepultus est via Aurelia in Templo Apollinis juxta locum, ubi crucifixus est juxta palatium Neronianum in Vaticano juxta territorium triumphale.

2) Haec ecclesia adjuncta est Basilicae Vaticanae.

3) Hoc opus musivum describitur a Prudentio, Peristeph. Hymn. XII.

4) Etymologia haec maxime a Festi, Varronis et Gellii explicatione differt.

5) Du Cange: vestiarium locus, in quo asservantur vestes — ubi non modo vestes servantur, sed etiam cimelia, atque adeo thesaurus et pecuniae.

6) Haec ecclesia hodie adjuncta est Basilicae Vaticanae.

7) cf. pag. 3. n. 6. Monif. Diar. It. p. 290: *Caesaris, id est ag.*

8) Intellig. Obeliscus Vaticanus ubi inscriptio legitur:

DIvo CaesarI DIvI JuliI F AugusTo

TI CaesarI DIvI AugustI F AugusTo sacrVm.

Sciolus inde conjecit, hoc loco Caesarem fuisse sepultum et subscripsit versus.

Caesar tantus eras quantus et orbis

Et nunc in modico clandis auro.

9) Diar. It. pro verbis: *usque-req.* ita: vero *ad alam.*

10) Hodie ibi non apparet.

11) Du Cange: Paradisus atrium porticibus circumdatum ante aedes sacras. Anastas. Bibl. Vita Domni primi: hoc atrium B. Petri superius, quod Paradisus dicitur estque ante Ecclesiam in quadriporticum magnis marmoribus stravit cf. Xenoph Cyrop. II, 4, 14.

---

a) *Palatium.* b) *templum.* c) — d) *sancta.* e) — f) *basilica quae.* g) . h) — i) *Ideo.* k) *vates id est Sac.* l) , m) *templum.* n) — o) *tota illa pars ecclesiae Sancti.* p) *templum.* q) *vestiarium.* r) — s) *Sanctus.* t) . *Juxta.* u) *id est Agulia.* v) — w) *subjicitur.* x) *vero.* y) — z) — aa) *preciosis.* bb) . *Ubi.* cc) — dd) *erat quantus est orbis sed.* ee) *clauderis.* ff) *haec.* gg) — hh) *Sancti.* ii) *cantarum.*

Simacus(a) Papa colupnis porphoreticis(b) ornatum, que tabulis cum grifonibus connexe pretioso(c) celo ereo cooperte(d) cum floribus et delphinis(e) ereis et deauratis aquas fundentibus. In medio cantari est pinea erea,(f) que fuit coopertorium cum sinio(g) ereo et deaurato super statuam Cibelis(h) matris Deorum(i) in foramine Pantheon[1]. In quam pineam(k) subterranea fistula(l) subministrabat aquam(m) ex forma Sabbatina(n), que toto tempore plena prebebat aquam per foramina nucum omnibus indigentibus, idem et per(o) subterraneam fistulam(p) quedam pars fluebat ad balneum Imperatoris(q) juxta Aguleam[2](r). In naumachia(s) est sepulcrum(t) Romuli,(u) quod vocatur meta[3], que fuit miro lapide tabulata,(v) ex quibus factum est pavimentum paradisi,(w) et graduum S.(x) Petri[4]. Habuit circa se plateam Tiburtinam XX(y) pedum(z) cum cloaca et florali[5](aa) suo. Circa se habuit Tiburtinam(bb) Neronis tante(cc) altitudinis quantum Castellum Adriani miro lapide tabulatum, ex quibus operibus[6] graduum et paradisi peractum fuit;(dd) quod edificium rotundum fuit duobus gironibus,(ee) sicut castrum, quorum(ff) labia erant cooperta tabulis lapideis pro stillicidiis(gg) juxta quas(hh) fuit crucifixus Beatus(ii) Petrus Apostolus[7](kk). Est et Castellum(ll) quod fuit Templum(mm) Adriani[8], sic(nn) legimus in sermone festivitatis S.(oo) Petri, ubi dicit memoria Adriani Imperatoris(pp) mire(qq) magnitudinis Templum(rr) constructum,(ss) quod totum lapidibus coopertum,(tt) et diversis istoriis(uu) est perornatum. In circuitu est(vv) cancellis ereis(ww) circumseptum

1) Cod. Vatic. sacrist. archiv. „Pinea aenea, quae fuit coopertorium cum sinino aeneo et deaurato super statuam Cybelis matris Deorum in foramine Pantheon, in qua videlicet pinea subterranea fistula plumbea subministrabat aquam xe forma sabbatina etc. Montf. Diar. p. 291 pro *sinio* legit.: *simo*, et tum loco *nucum* offert *murium*. De pinea illa v. ib. p. 274. De aqua Sabb. cf. Front. de aquaed. c. 21. ibiq. Polen. p. 133 sq.

2) Balneum imperatoris hic non exstitit.

3) Fuit sepulchrum Scipionis Africani junioris cf. Acron. Schol. ad Hor. Epod. IX.

4) Destruxit papa Alexander VI.

5) Du Cange: Florale locus consitus floribus.

6) Leg. *opus*.

7) Disputant, num sit in Janiculo an Vaticano crucifixus.

8) Leg. *Sepulchrum*.

a) *Simachus*. b) *columpnis porphireticis*. c) . *que tabulis marmoreis cum griphonibus conexe precioso*. d) *coopertae*. e) *delfinis*. f) — g) *copertorium cum smino*. h) *Cibeles*. i) . k) *qua pinea*. l) *fistula plumbea*. m) *aqua*. n) *sabbatina*. o) *ea. et*. p) . q) *imperatoris*. r) *aguliam*. s) *Naumachia*. t) *sepulchrum*. u) — v) — w) — x) *sancti*. y) *tyburtinam viginti*. z) . aa) *flotali*. bb) *terbentinam*. cc) . *tantae*. dd) *tabulata ex quibus opus gradium et paradisi paratum fuit*. ee) — ff) . *Quorum*. gg) *prostillicidiis*. hh) *quod*. ii) *beatus*. kk) *apostolus*. ll) *castellum*. mm) *templum*. nn) *sicut*. oo) *sancti*. pp) *imperatoris*. qq) *mirae*. rr) *templum*. ss) . tt) — uu) *historiis*. vv) *vero*. ww) *hereis*.

17

cum pavonibus aureis et tauro, ex (ᵃ) quibus fuere duo qui sunt in cantaro (ᵇ) paradisi. In IV (ᶜ) partes templi fuere IV Caballi (ᵈ) orei deaurati, in (ᵉ) una quaque fronte porte eree, (ᶠ) in medio giro sepulcrum (ᵍ) Adriani porforeticum, (ʰ) quod nunc est Laterani sepulcrum Pape Innocentii. (ⁱ) Coopertorium est¹ in paradiso S. (ᵏ) Petri super sepulcrum (ˡ) prefecti². Inferius autem porte eree sicut nunc apparent. Hec (ᵐ) monumenta que diximus omnia pro templis dedicata erant, (ⁿ) atque confluebant Romane virgines cum votis, (ᵒ) sicut dicit Ovidius in libro Fastorum (ᵖ). Ad portam Flamineam fecit Octavianus quoddam castellum, (ᑫ) quod vocatur Augustum² (ʳ), ubis epeliuntur (ˢ) Imperatores, (ᵗ) quod tabulatum fuit diversis lapidibus. Intus in girum est concavum, (ᵘ) per (ᵛ) occultas vias in inferiori giro sunt sepulture (ᵂ) Imperatorum. In utraque (ˣ) sepultura sunt littere (ʸ) ita dicentes. Hic sunt ossa et cinis Nerve Imperatoris (ᶻ) et victoria (ᵃᵃ) quam fecit. Ante quos stabat statua Dei sui sicut in aliis omnibus sepulcris⁴ (ᵇᵇ). In medio sepulcrorum (ᶜᶜ) sedebat Octavianus, (ᵈᵈ) ibique erant Sacerdotes (ᵉᵉ) facientes suas ceremonias. De omnibus regnis totius orbis jussit venire unam aromathecam plenam de mirro, quam (ᶠᶠ) posuit super Templum (ᵍᵍ) ut esset in memoria (ʰʰ) omnibus gentibus Romam venientibus. In fastigio Pantheon frontis (ⁱⁱ) stabant duo Tauri erei (ᵏᵏ) et deaurati. Ante palatium (ˡˡ) Alexandri³ fuere duo Templa (ᵐᵐ) Flore et Phebi (ⁿⁿ). Post palatium (ᵒᵒ) ubi nunc est Conca (ᵖᵖ) fuit Templum Bellone⁶ (ᑫᑫ), ibi fuit scriptum, (ʳʳ)

Roma vetusta fui, sed nunc nova Roma vocabor

Eruta ruderibus culmen ad alta fero.

1) Diar. Ital. pag. 291. haec ita ordinat: *porphireticum, quod nunc Lateranente sepulcrum Popae Innocentii coopertum est in —*

2) *Janii Bussi praefecti urbis p. Chr. n. 359.*

3) Mausoleum Augusti dicebatur medio aevo Augusta. Quod nomen retinet hodieque la chiesa di S. Giacomo degli Incurabili in Augusta.

4) Nerva imperator ultimus ibi fuit sepultas.

5) Thermae Alexandri Severi hodie sunt: Il palazzo Giustiniani, la chiesa di S. Luigi de' Francesi etc.

6) Non palatium Alexandri, sed aliud quoddam intelligendum.

a) *Ex.* b) *cantharo.* c) *quatuor.* d) *fuerunt quatuor caballi.* e) *. In* f) *—* g) *sepulchrum.* h) *porfireticum.* i) *lateronis ante Tolloniam.* k) *Sancti* l) *sepulchrum.* m) *Haec* n) *—* o) *—* p) *fastorum.* q) *—* r) *Augustus.* s) *sepelirentur.* t) *. u).* v) *Per* w) *sepulturae.* x) *unaquaque.* y) *litterae.* z) *Nervae imperatoris.* aa) *victoriam.* bb) *sepulturis.* cc) *sepulchrorum est obsidia ubi.* dd) *—* ee) *saserdotes* ff) *unam cirothecam plenam de terra quem* gg) *templum.* hh) *memoriam* ii) *froncis* kk) *tauri acrei* ll) *Palatium* mm) *templa* nn) *Phoebi* oo) *Palatium* pp) *conca* qq) *templum bellonae* rr) *.*

3

18

Ad Concam Parionis(ᵃ) fuit Templum Gnei Pompei mire(ᵇ) magnitudinis et pulchritudinis,(ᶜ) ex monimento¹(ᵈ) vero illius quod dicitur, major ac(ᵉ) decenter ornatum fuit oraculum Apollinis². Alia fuere alia oracula. Ecclesia S.(ᶠ) Ursi fuit Secretarium(ᵍ) Neronis³. In palatio Antonini Templum Divi Antonini(ʰ) juxta S.(ⁱ) Salvatorem ante S.(ᵏ) Mariam in Aquiro⁴, Templum alii(ˡ) Adriani et arcus pietatis⁵. In Campo Mario Templum(ᵐ) Martis⁶, ubi(ⁿ) eligebantur Consules(ᵒ) in kalendas(ᵖ) Julias, et morabantur usque in kalendas Januarias,(ᑫ) si purus erat ille qui electus erat Consul ab omine(ʳ), confirmabatur ei consulatus. In hoc templo Romani victores ponebant rostra navium, ex quibus efficiebantur opera ad spectaculum omnium gentium. Juxta Pantheon Templum Minerve Calcidie⁷(ˢ). Post S.(ᵗ) Marcum Templum(ᵘ) Apollinis⁸. In Camillano(ᵛ), ubi est S.(ʷ) Cyriacus,(ˣ) fuit Templum Veste(ʸ)⁹. In Calcarari Templum(ᶻ) Veneris¹⁰. In monasterio Domine Rose Castellum(ᵃᵃ) aureum¹¹, quod fuit Oraculum(ᵇᵇ) Junonis,(ᶜᶜ) Capitolium quod erat caput mundi,(ᵈᵈ) ubi Consules(ᵉᵉ) et Senatores(ᶠᶠ) morabantur ad gubernandum orbem, cujus facies cooperta

---

1) Diar. Ital. p. 292. legit.: *monumentum vero — majus tam dec.*

2) Quid hodie sit, nescitur.

3) cf. Martinelli, Roma ex ethnica sacra p. 406.: „8. Ursi s. Ursulae parochialis ecclesia; nunc est oratorium Florentinorum" v. ib. p. 313.

4) Palatium Antonini est Forum Ant. Ecclesia ante S. Mariam in Aquiro, hodie: gli Orfanelli.

5) Leg. non *alius*, sed *Aelii* A.

6) Quale sit, nescitur.

7) Templum Minervae Chalcidicae exstruxisse Augustum refert Dio Cass. L. I, 22. p. 654. Fuit in vicinia ecclesiae, quae hodie dicitur la Chiesa de 8. Maria sopra Minerva. Nardinius vero (Roma Antica p.377 cf.Plin. VII, 26, 97.) contendit, alterum templum Min. Chalc. a Pompejo esse conditum; cui tamen hic locus adversari videtur. v. Urlichs Beschr. Roma p. 56, 121.

8) Fuit in vicinia Capitolii et circ. Flamin. — Diar. Ital. p. 292: *Camilliano.*

9) Fuit haud procul a loco, ubi hodie est 8. Maria in Via Lata.

10) Calcarara dicebatur etiam temporibus Pirri Ligorii (Antichità di Roma p. 17).

11) Erat porticus Octaviae. Monasterium fuit 8. Caterina de' Funari. Diar. Ital. pro *monasterio* leg.: *monte.*

---

a) *concam Parionis* b) *templum Cneji Pompeji mirae* c) . d) *Monumentum* e) *majore, cum.* f) *sancti.* g) *secretarium.* h) *antonini* i) *sanctum.* k) *Ante sanctam* l) *agro templum Allii.* m) *campo Martio* n) *Ibi* o) *consules* p) *calendas* q) . r) *Si purus erat a crimine ille qui electus erat consul* s) *templum Minervae Calcidie.* t) *sanctum.* u) *templum* v) *camillano.* w) *sanctus* x) — y) *templum Vertae.* z) *templum* aa) *dicto Nerose castellum* bb) . *quod orcaculum.* cc) . dd) — ee) *consules* ff) *senatores.*

19

erat muris firmis(^{a}) diu super fastigium montis vitro et auro undique coopertis,(^{b}) et miris(^{c}) operibus laqueatis. Infra arcum(^{d}) palatium fuit(^{e}). Templa quoque que (^{f}) infra arcum(^{g}) fuere,(^{h}) que ad memoriam ducere¹ possunt sunt hec(^{i}). In summitate areis super porticum Crinorum²(^{k}) fuit Templum(^{l}) Jovis et Monete,³(^{m}) sic reperitur in martyrologio Ovidii et de fastis⁴(^{n}). In partem Fori Templum Veste et Cesaris⁵, ibi(^{o}) fuit Cathedra(^{p}) pontificum paganorum,(^{q}) ubi Senatores(^{r}) posuerunt Julium Cesarem sexta die infra mensem martium⁶(^{s}). Ex alia parte Capitolii super cannaparam Templum(^{t}) Junonis⁷. Juxta(^{u}) forum publicum Templum(^{v}) Herculis⁸. In Tarpejo Templum asilis,⁹(^{w}) ubi interfectus fuit Julius Cesar(^{x}) a Senatu. In loco ubi nunc est S.(^{y}) Maria fuere duo Templa(^{z}) simul juncta cum palatio Phoei(^{aa}) et Carmentis¹⁰,(^{bb}) ubi Octavianus Imperator(^{cc}) vidit visionem in celo(^{dd}). Juxta Cancellariam¹¹, Templum(^{ee}) Jani qui erat custos Capitolii:(^{ff}) ideo(^{gg}) dicebatur aureum Capitolium, quia pro(^{hh}) omnibus regnis totius orbis pollebat sapientia et decore. Palatium Trajani et

---

1) Diar. Ital. p. 293 pro v. *ducere* offert *dicere.*

2) Benedict. canon. Ordo Roman. ,,mane dicit missam ad S. Anastasiam: qua finita descendit cum processione per viam juxta porticum Gallatorum (S. Galla) ante templum Sibillae et inter Templum Ciceronis (S. Niccolo in Carcere) et porticum Crinorum". Porticum Crinorum videtur esse idem qui reperitur juxta Albergo della Bufala.

3) cf. Ovid Fast. VI. 183. Liv. VII, 20.

4) Martyrol. Ovidii, id est, Fasti Ovidii, quia ibi calendarum, nonarum et iduum, aeque atque in Martyrologiis mentio fit.

5) Templum Vestae hodie la chiesa di S. Teodoro; templum Caesaris in illo angulo, ubi hodie i fenili.

6) Ex fabula de templo Caesaris, in quo corpus ejus concrematum esse ferebatur.

7) Ibi fuit l'ospedale della consolazione.

8) Videtur situm fuisse in parte septentrionali Capitolii.

9) Non fuit asylum in Tarpejo, sed (Liv. I. 8.) in descensu Capitolii, circa eam partem, quae vocabatur Inter duos lucos, ubi statua Marci Aurelii erat posita. Leg. *Asyli.*

10) Porta Carmentalis sub Tarpejo fuit in vicinia dell 'albergo della Bufala. Intell. la chiesa di S. Maria di Araceli. Leg. *Phoebi.*

11) Alias vel *Camellariam* vel *carmellariam*. Medio aevo pars Capitolii, ubi Tabularium erat, dicebatur templum Jani.

---

a) *muris altis et furnis.* b) — c) *muris.* d) *arcem.* e) *fuit miris operibus auro, et argento et ere et lapidibus preciosis perornatum. ut esset speculum omnibus gentibus.* Haec etiam Diar. Ital. p. 292 sq. addit. — f)) *quae.* g) *arcem.* h) — i) *Sunt haec.* k) *crinorum.* l) *templum.* m) *monetae.* n) *sicut repperit in marthiplogio Ovidii de faustis* o) *fori templum Vestae et Caesaris. ubi.* p) *cathedra.* q) — r) *senatores.* s) *Caesarem in cathedra sex dies infra marcium mensem.* t) *Cannaparam templum.* u) *juxta.* v) *templum.* w) *templum Asilis.* x) *Caesar.* y) *sancta.* z) *templa.* aa) *Palatio Phoebi.* bb) . cc) *imperator.* dd) *Coelo.* ee) *templum.* ff) . gg) *Ideo.* hh) *quia prae.*

20

Adriani[1]([a]) pene totum([b]) lapidibus constructum,([c]) et miris operibus perorna-
tum([d]) diversis coloribus laqueatum([e]) ubi est columna mire([f]) altitudinis et
pulcritudinis([g]) cum celaturis historiarum horum Imperatorum;([h]) sicut columna([i])
Antonini in palatio([k]) suo. Ex una parte fuit Templum([l]) Divi Trajani[2],([m]) ex
alia Divi Adriani[3]([n]). In clivo argentarii[4] Templum Concordie([o]) et Saturni.
In Insula[5] Templum([p]) Bacchi[6], in([q]) fine hujus insule argentarie Templum([r])
Vespasiani[7]. In clivo S. Marie([s]) in Campo Templum([t]) Titi[8],([u]) ubi est S.([v])
Basilius Templum([w]) Carmentis[9]. Infra hunc terminum fuit palatium cum duobus
foris Nerve[10]([x]) cum Templo([y]) suo Divi Nerve[11], cum majori([z]) foro Trajani.
Ante foros[aa]) cujus Templum Sospite Dee[12]. Ubi est Sanctus Quiricus Tem-
plum([bb]) Jovis[13]. In muro S.([cc]) Basilii fuit magna tabula erea infixa,([dd]) ubi
fuit amicitia scripta([ee]) in loco bono et notabili, que([ff]) fuit inter Romanos et
Judeos tempore Jude Machabei[14]. Ante edem([gg]) privatam Mamertini([hh]) Tem-

---

1) Forum Trajani intelligendum, quod ab Hadriano est perfectum.

2) Fuit Basilica Ulpia.

3) Hadrianus dedicaverat templum Trajano. Exstructum erat in loco, ubi nunc est Palazzo Imperiali.

4) Hodie La salita di Marforio. cf. Preller, p. 145.

5) b. e. Insula Argentaria, cujus ruinae apparent in aditu „da Macello de' Corvi al
Foro Romano". Diar. Ital. p. 293 pro *Insula* legit *Tolusa*.

6) Quid sibi voluerit anonymus, non liquet, nam la chiesa di S. Sergio e Bacco prope
arcum Septimii erat antiquitus templum Jovis Tonantis.

7) Hoc templum erat in septentrionali parte Fori.

8) Hoc nomine utebantur aliquae ruinae Fori Nervae vel Trajani.

9) Exstitit haec ecclesia prope Forum Nervae, et templum Carmentis fuit aedificium
in vicinia illius fori.

10) Nervam Domitiani forum perfecisse jam Aur. Victor Caes. 12. narrat. Diar. Ital.
pro voce *palatium* substituit *templum*.

11) Ad Arcum dictum de' Pantani.

12) Quid sit, hodie nescitur.

13) La chiesa di S. Quirico.

14) Murus est, qui ambit Forum Nervae. cf. Maccab. I, 8, 22.

---

a) — b) *totum fuit.* c) — d) . e) . f) *Ibi est columpna mirae.* g) *pulchritudinis.*
h) *imperatorum.* i) *columpna.* k) *Palatio.* l) *templum.* m) — n) *Hadriani.* o) *templum
concordiae.* p) *templum.* q) . *In.* r) *insulae argentariae templum.* s) *Sanctae Mariae.*
t) *campo templum.* u) . v) *sanctus.* w) *templum.* x) *Nervae Majori.* y) *templo.* z) *Nervae.*
aa) *trajani ante fores.* bb) *templum.* cc) *sancti.* dd) — ee) *scripta amicitia.* ff) *quae.*
gg) *Diar. Ital. legit.: custodiam.* hh) ,

21

plum Martis¹(ª), ubi nunc fuit simulacrum(ᵇ) ejus² Juxta eum Templum Fatale in S.(ᶜ) Martina³. Juxta semitam publicam Templum(ᵈ) Fabiorum⁴. Post S.(ᵉ) Sergium(ᶠ) Templum Concordie⁵(ᵍ), ante quod arcus triumphalis unus(ʰ) erat ascensus in Capitolio(ⁱ) juxta erarium(ᵏ) publicum,(ⁱ) quod erat Templum(ᵐ) Saturni⁶. Ex alia parte fuit arcus miris lapidibus(ⁿ) tabulatus(ᵒ) in quo fuit historia,(ᵖ) qualiter milites accipiebant a Senatu(ᑫ) donativa sua per sacellarium quod administrabat hoc,(ʳ) que(ˢ) omnia pensabat in statera ante quam(ᵗ) da rentur militibus, ideo(ᵘ) vocatur Salvator de statera⁷. In Cannapara Templum(ᵛ) Cereris et Telluris cum atriis(ʷ) duabus domibus,(ˣ) ornatum per circuitum(ʸ) porticibus et columnatis ubi(ᶻ) quicumque ibi sedet(ᵃᵃ) ad judicium undique videretur⁸. Juxta eam domum fuit palatium Cateline,ᵖ(ᵇᵇ) ubi fuit Ecclesia S. Antonini juxta(ᶜᶜ) quam est locus,(ᵈᵈ) qui dicitur infernus¹⁰(ᵉᵉ) eo quod antiquo tempore ibi eructabat,(ᶠᶠ) et magnam perniciem Rome(ᵍᵍ) inferebat, ubi(ʰʰ) quidam nobilis miles,(ⁱⁱ) ut liberaretur civitas responsu suorum Deorum armatus projecit se, et clausa(ᵏᵏ) est terra, sic civitas liberata est¹¹. Ibi est Templum Veste(ˡˡ), ubi dicitur inferius draco(ᵐᵐ) cubare,(ⁿⁿ) sicut legitur in vita B.(ᵒᵒ)

---

1) Templum Martis Ultoris in Foro Mamertino.

2) Statua est Oceani, vulgo dicta Marforio, hodie in aula musei Capitolini exstat.

3) Fortasse templum Jani intelligendum, quod situm erat ubi hodie la chiesa di S. Martina. Diar. Ital. loco vocis *semitam* offert *privatam*.

4) Quid et ubi sit, hodie nescitur.

5) Inventum est a. 1817. inter arcum Septimii et templum Jovis Tonantis.

6) In angulo occidentali Fori.

7) Arcus Tiberii prope aedem Saturni cf. Tacit. Ann. II. 41.

8) Hae ruinae Capitolii erant, ubi hodie la Consolazione.

9) h. e. Catilinae. Erant ruinae palatii imperatorii prope la chiesa di S. Maria Liberatrice, dictae medio aevo ,,in inferno". Diar. Ital.: *Catellinae.*

10) Hic intelligendus Curtii lacus, ubi vorago erat, cui plebs nomen ,,*infernus*" addiderat: hinc adjuncta ecclesia nuncupabatur: S. Maria libera nos a poenis inferni.

11) Intellig. est Curtii facinus.

---

a) *martis* b) *jacet simulachrum.* c) *templum fatale id est Sancta.* d) *quod est templum Refugii id est sanctus Adrianus. prope aliud templum fatale. Juxta privatam publicam templum.* e) *post sanctum.* f) . g)) *cordiae.* h) *unde.* i) *Capitolium.* k) *Juxta aerarium.* l) — m) *templum.* n) *muris lapideis.* o) . p) *hystoria.* q) *senatu.* r) . *Prosacellarium quod amministrabat hoc.* s) *quae.* t)) *antequam.* u) *Ideo.* v) *Canabara templum.* w) *telluris cujus atrium.* x) — y) *pro circuitu.* z) *columpnatis ut.* aa) *sederet.* bb) *Catilinae.* cc) *sancti Antonini. Juxta.* dd) — ee). ff) — gg) *Romae.* hh) . *Ubi.* ii) — kk) *et clausus.* ll) *templum Vestae.* mm) *draconem.* nn) — oo) *legimus in vita sancti.*

22

Silvestri[1]. Est ibi Templum Palladis[2],([a]) et forum Cesaris[3]([b]) et templum Jani, sic([c]) dicit Ovidius in fastis[4]. Nunc([d]) autêm dicitur turris Centii Frajapanis[5]. Templum Minerve([e]) cum arcum([f]) conjunctum est ei,([g]) nunc autem vocatur S. Laurentius de mirandi[6]([h]). Juxta eum S. Cosmatis ecclesia, que([i]) fuit Templum Asili[7]. Retro fuit Templum Pacis et Latone[8], super([k]) idem templum Romuli[9]. Post S. Mariam([l]) novam duo templa Concordie et Pietatis[10]([m]). Juxta arcum Septem Lucernarum Templum([n]) Esculapii,([o]) ideo dicitur Cartularium([p]), quia fuit ibi Bibliotheca([q]) publica,([r]) de quibus XXVIII fuere in urbe[11]. Superius fuit Templum([s]) Palladis et Templum([t]) Junonis[12]. Infra Palatium est Templum([u]) Juliani[13],([v]) in([w]) fronte palatii Templum([x]) Solis[14].([y]) In eodem palatio Templum Jovis, quod vocatur Casa([z]) major[15].([aa]) Ubi est S. Cesarius([bb]) fuit auguratorium Cesaris[16].([cc]) Ante Colosseum Templum Solis([dd]), ubi flebant ceremonie simulacrorum, que stabant([ee]) in fastigio Colossei[17]([ff]). Septisolium([gg])

---

1) Hac ex fabula emanavit error, ex quo hic fanum Vestae situm fuisse putabant.

2) In vocabulo *ibi* videtur inesse indicium lacunae.

3) Inter templum Palladis et Forum Romanum.

4) h. e. de templo Jani.

5) Templum Jani juxta Colosseum fuit. Diar. Ital.: Frangapanis.

6) Intell. est templum Antonini et Faustinae, non Minervae. Arcus fuit Fabianus. Leg. *arcu*.

7) Cosmae ecclesia antiquitus Remi templum fuisse fertur. Num templum Asyli praeter Capitolinam exstiterit, nescitur.

8) Templum Pacis erat inter Cosmae ecclesiam et columnas.

9) Stabat inter S. Cosmae ecclesiam et palatium.

10) Templum Pietatis dicitur, quod erat Veneris et Romae; S. Maria Nuova vulgo dicitur S. Francesca Romana.

11) Cartularia medio aevo erat turris, cujus ruinae hodie exstant juxta Titi arcum dictum Septem Lucernarum. Diar. Ital. legit: XXVI.

12) Quid haec templa ad montem Palatinum pertineant, nescitur.

13) Quale sit nescitur. Diar. Ital. *Julii* legit.

13) Quale sit, nescitur.

14) Fortasse da Palatio Majori et Coenatione Jovis intellig.

16) Forte Thermae Caraca'lae in propinquitate templi di S. Cesario. cf. Preller p. 185.

17) Dicebantur hae statuae esse in fastigio amphitheatri.

---

a) . b) *Caesaris.* c) *Jani qui providet annum in principio et in fine sicut. Hace etiam in Diar. Ital.* p. 294. *leguntur.* d) *Fastis nunc.* e) *Minervae.* f) *arcu.* g) — h) *Sanctus Laurentius de Mirandi.* i) *ecclesia Sancti Cosme quae.* k) *templum pacis et Latonae. Super* l) *sanctam mariam.* m) *concordiae et pietatis.* n) *septem lucernarum — templum.* o) — p) *cartolarium.* q) — *bibliotheca.* r) — s) *templum.* t) *templum.* u) *templum.* v) — w) *In.* x) *templum.* y) *Jovis* — z) *casa.* aa) — bb) *Sanctus Caesarius.* cc) *Caesaris —* dd) *Coloseum templum solis.* ee) *simulacro quod stabat.* ff) *colosei.* gg) — *Septisonium.*

23

fuit templum Solis et Lune, ante quod fuit templum Fortuniae[1](a) S.(b) Balbina(c) fuit mutatorium Cesaris[2](d), ibi(e) fuere therme Severiane et Commodiane[3].(f) Ubi est S.(g) Saba fuit area(h) Apollinis et Splenis[4](i). Circus prisci(k) Tarquinii fuit mire pulchritudinis, (l) qui ita erat gradatus,(m) quod nemo Romanus offendebat alterum in visu ludi. In summitate erant arcus per circuitum vitreo et fulvo aureo[5](n) laqueati. Superius erant domus palatii in circuitu,(o) ubi sedebant femine(p) ad videndum ludum XIIII kalendis madij[6] quo(q) flebat ludus. In(7) medio erant due augulie,(r) minor habebat octoginta(t) septem pedes, et(u) major CXX duos. S.(7) In summitate triumphalis arcus quod(w) est in capite stabat quidam eques ereus et deauratus,[8] qui videbatur facere impetum,(y) ac si miles vellet(z) currere equum.(aa) In alio' arcu, quod(bb) est in fine stabat alius eques(cc) ereus et deauratus similiter.(dd) In altitudine palatii erat(ee) sedes Imperatoris(ff) et regine, ubi(gg) videbant ludum[9].(hh) In Celio(ii) monte Templum(kk) Scipionis[9]. Ante thermas(ll) Maximianas(mm) ubi fuere due conche(nn) et duo templa Isidis(oo) et Serapis[9]. In Orphanotrophium Templum(pp) Apollinis[10]. In palatio(qq) Lateranis sunt quedam(rr) miranda et(ss) non scribenda. In palatio Susurriano fuit Templum(tt) Herculis[11]. In Exquilino monte fuit Templum(uu) Marii,(vv) quod nunc vocatur Cimbrum(ww), eo quod

---

1) Septisolium est Septizonium Severi, templum Fortunae vero de porticu et aditu palatii imperatorii sumendum. Leg. *Fortunae*.

2) cf. Preller, D. Regionen p. 114. Diar. Ital. p. 294. legit: *S. Sabina fuit imitarium Caesaris*.

3) v. p. l. n. 2.

4) Quid sit nescitur. Preller, p. 114. de Risu deo intelligit.

5) Leg. *vitro et fulvo auro*.

6) Diar. Ital. p. 294. legit.: *ludum XIV. Maji quando*.

7) Prope circum Maximum hodie ruinae loci monstrantur, unde imperatores ludos adspexisse dicuntur.

8) Ignotum est hodie.

9) Fortasse Thermae Agrippae sunt intelligendae, in quarum vicinia erat Iseum et Serapeum.

10) Ignotum est hodie. Leg. *Orphanotrophio*.

11) Palatium Sessorianum fuit ubi hodie S. Croce in Gerusalemme.

---

a) *fortunae*. b) *Sancta*. c) — d) *caesaris* — e) *Ibi*. f) *Commodiānе* — g) *sanctus*. h) *arca*. i) *splenis* — k) *Prisci*. l) — m) *grabatus*. n) *vitro et vulvo auro*. o) — p) *feminae*. q) *kal. madii. Quando*. r) *in* s) *agulie*. t) *octuaginta*. u) *sed*. v) *CXXof*. w) *qui*. x) — y) — z) *vellent*. aa) — bb) *qui*. cc) *equus*. dd) — ee) *erant* ff) *imperatoris*. gg) *reginae unde*. hh) — ii) *celio*. kk) *templum*. ll) — *Ante ter thermas*. mm) — nn) *duo carceres* — oo) *Hysidis*. pp) *orphonotrophia templum*. qq) *Palatio*. rr) *quaedam*. ss) *sed*. tt) *templum*. uu) *templum*. vv) — ww) *Cymbrum*.

24

vicit Cimbros¹.(ᵃ) In palatio(ᵇ) Licinii Templum Honoris et Diane².(ᶜ) Ubi est S,(ᵈ) Maria major fuit templum Cibelis²(ᵉ). Ubi est S.(ᶠ) Petrus ad vincula fuit Templum(ᶠ) Veneris⁴.(ʰ) Ad S.(ⁱ) Mariam in Fontanam⁵ Templum fauni(ᵏ) quod simulacrum locutum est Juliano,(ˡ) et decepit eum.(ᵐ) In palatio(ⁿ) Diocletiani IV. Templa fuere(ᵒ), Asclepii et Saturni, Martis et Apollinis, que(ᵖ) vocantur modii⁶. In capite Trevii(ᑫ) fuit Templum(ʳ) Veneris,(ˢ) ubi hactenus dicitur ortus Veneris(ᵗ). In palatio Tiberii Templum Deorum⁷.(ᵘ) In cilio(ᵛ) montis⁸ fuit Templum(ʷ) Jovis et Diane(ˣ), quod nunc vocatur Imperatoris(ʸ) super palatium(ᶻ) Constantini⁹. Ibi in palatio fuit templum Saturni et Bacchi, ubi nunc jacent simulacra eorum¹⁰. Ibi juxta sunt caballi marmorei¹¹.(ᵃᵃ) In thermis Olimpiadis,(ᵇᵇ) ubi fuit assatus B.(ᶜᶜ) Laurentius, fuit Templum(ᵈᵈ) Apollinis¹².(ᵉᵉ) Ante palatium(ᶠᶠ) Trajani,(ᵍᵍ) ubi fores palatii(ʰʰ) nunc permanent fuit Templum¹³(ⁱⁱ). In Aventino Templum Mercurii(ᵏᵏ), ubi mercatores accipiebant responsa¹⁴. Ad

1) Hujus fabulae ansam dederunt Tropaea Marii dicta, quae castellum aquae Juliae haud procul ab arcu Gallieni ornabant.

2 Palatium Licinii erat prope aedem S. Bibiana, cujus in vicinia vero hoc loco templum Honoris et Dianae penitur, quod vulgo ad S. Antonii Abate situm fuisse putant.

3) Vulgo hic ponitur templum Junonis Lucinae, illud vero in alia parte Esquilini, ubi S. Francesco di Paola.

4) Videtur hoc templum cum Junonis Lucinae h. l. confundi.

5) Haec ecclesia fuit in Esquilino, de Fauni Templo nihil constat. Leg. *Fontana*. Diar. Ital. p. 285: *templum Fannii.*

6) Illa quatuor templa videntur de quatuor rotundis, quae in thermis erant, sumenda esse. Diar. Ital. loco *modii* legit: *Modri.*

7) Templum deorum est templum Penatium, palatium Tiberii vero in Palatino monte erat, quod Suetonius (Ner. c. 25.) juxta Velabrum ponit. De templo Divorum v. Preller p. 178.

8) Diar. Ital. p. 295. legit: *In Ilio monte*, et Montfaucon l. l. p. 301. n. 25. de monte Quirinali haec intelligenda esse putat.

9) In summo Quirinali erant thermae Constantini: de reliquis aedificiis nihil constat.

10) vide supra. cf. Preller, D. Regionen d. St. Rom p. 145. sq.

11) vide supra p. 11.

12) Thermae Olympiadis vulgo ponuntur ad S. Lorenzo in Panisperna.

13) Sermo est de foro Trajani.

14) Aquam Mercurii h. l. ponit Ovid. Fast. V. 673. In Regione Portae Capenae p. 1. citatur Aedes et Area Mercurii cum ara. Erat in Aventino, ubi nunc ecclesia S. Balbinae.

a) — b) *Palatio.* c) *templum honoris et Dianae* — d) *sancta.* e) *templum Cibeles* — f) *Sanctus.* g) *templum.* h) — i) *sanctam.* k) *templum fauni* — l) — m) — n) *Pa- latio.* o) *fuere quatuor templa.* p) *quae nunc.* q) *Trivii* r) *templum.* s) — t) *hortus.* u) *templum dŏꝗ.* v) *celio.* w) *templum.* x) *Dianae.* y) *mensa imperatoris.* z) *Palatium* aa) — bb) *Olympiadis* — cc) *beatus.* dd) *templum.* ee) — ff) *Palatium.* gg) — hh) *Palatii.* ii) *templum.* kk) *Avencino templum Mercurii aspiciens in Circo et templum Palladis et fons Mercurii.*

arcum stadii(a) domus Aurelie Orestille(b), ex una parte Templum(c) Mecenatis,(d) ex alia parte Templum(e) Jovis[1]. Juxta scolam grecam fuit palatium Lentuli[2], ex(f) alia parte ubi nunc est Turris Centii(g) de Orrigo fuit Templum Bacchi[3](h). Ad gradellas fuit Templum Solis[4](i). Sanctus Stephanus rotundus fuit Templum(k) Fauni[5]. In elephanto Templum Sibille, et Templum(l) Ciceronis[6]. In Tulliano Templum(m) Jovis,(n) ubi fuit pergula aurea[7],(o) et Templum(p) Severianum,(q) ubi(r) est S. Angelus[8]. Ad Velum(s) aureum, Templum Minerve(t). In ponte Judeorum Templum Fauni[9]. Ad caccavari Templum Craticule[10](u). Ad pontem Antoninum arcus Antonini(v), ubi nunc est S.(w) Maria in Cataneo[11](x). Ad S.(y) Stephanum in piscina palatium Cromatii prefecti[12](z). Templum quod dicebatur olovitreum,(aa) totum factum ex cristallo et auro per artem(bb) mathematicam[13], ubi erat astronomia cum omnibus signis celi,(cc) quod dextruxit S.(dd) Sebastianus cum Tiburtio filio Cromatii[14](ee)

QUOT SUNT TEMPLA TRANSTIBERIM.

Transtiberim(ff) ubi nunc est S.(gg) Maria fuit Templum Ravennatium, ubi terra(hh) manavit oleum tempore Octaviani(ii), et fuit ibi domus meritoria(kk), ubi

1) Arcus Stadii est Arcus in Circo Maximo. Diar. Ital. p. 295 legit: *Statii.*

2) Palatium Lentuli est Arcus Lentuli, quem Poggius dicit fuisse ubi nunc la Salara.

3) Ignotum est.

4) Ignotum est.

5) Ecclesia S. Stephani aedificata est a papa Simplicio in vestigiis antiquae fabricae. cf. Montfaucon Diar. Ital. p. 150. de elephanto v. Preller p. 154 sq.

6) Templum Ciceronis est Templum Pietatis, ab Acilio Glabrione exstructum, ubi hodie S. Nicolò in Carcere, in cujus vicinia Sibyllae fanum fuisse videtur.

7) „In Tulliano" cum antecedentibus cohaerent, sermo vero tum de porticu Octaviae est.

8) S. Angelus non a Bonifacio VIII demum est erectus, sed exstitit jam centum annis ante.

9) Templum Fauni erat in insula Tiberina (Liv. 33, 42.): pons Judaeorum = ponte Fabricio. Diar. Ital. p. 295 habet: *templum Fani.*

10) Templum Craticulae forte dicuntur ruinae, quae vulgo porticui Philippi adscriptae hodie exstant prope S. Maria in Cacaberis. Diar. Ital. pro: *caccavari* legit: *Carcanari.*

11) Est S. Maria in Catinari.

12) cf. supra.

13) Diar. Ital. habet: *magicam.*

14) v. supra.

---

a) — b) *Aureliae Auristillae.* c) *templum.* d) — e) *templum.* f) *Ex* g) *Cencii* h) *templum baschi.* i) *templum solis.* k) *templum.* l) *alephanto templum sibillae et templum.* m) *est templum.* n) — o) — p) *templum.* q) — r) *Ubi.* s) *sanctus angelus ad velum.* t) — *templum Minervae.* — u) *caccauari templum craticulae.* v) *antoninum circus antonini.* w) *sancta.* x) *Caterino.* y) *sanctum.* z) *Chromantii praefecti.* aa) — bb) *partem.* cc) — dd) *Sanctus.* ee) *Gromacii.* ff) *Trans. Tyberim.* gg) *Sancta.* hh) *templum ravennantium ubi antea.* ii) *Octaviani Imperatoris.* kk) —

morabantur(a) milites,(b) qui gratis serviebant in Senatum[1] (c). Sub janiculo Templum(d) Gorgonis[2] (e). Ad ripam fluminis(f) ubi naves morantur, Templum(g) Herculis[3]. In piscina Templum Fortune et Diane[4] (h). In insula Licaonia Templum(i) Jovis et Templum Esculapij[5] (k) Foris portam Apiam Templum(l) Martis et triumphalis arcus[6]. Alia(m) multa Templa(n), et palatia Imperatorum Consulum, Senatorum Prefectorumque(o) tempore Paganorum(p) in hac Rome(q) urbe fuere sic(r) in priscis annalibus legimus,(s) et oculis nostris vidimus,(t) et ab antiquis audivimus, quante(u) etiam essent pulchritudinis auri et eboris pretiosorumque(v) lapidum(w) scriptis ad posterum memoriam quanto melius potuimus(x).

1) v. supra.
2) Fuit in regione Transtiberina.
3) Ignotum: debet exstitisse prope Ripa Grande.
4) In confinibus S. Benedetto in Piscinula. Piscina = naumachia Augusti.
5) Fanum Aesculapii ponunt, ubi hodie S. Bartolommeo d'Isola.
6) Fuit Drusi vel Trajani in via Appia.

a) *merebantur*. b) — c) *senatu*. d) *Janiculo templum*. e) — f) — g) *morabantur templum*. h) *templum fortunae et Dianae*. i) *insula Critonica templum*. k) *templum Esculapii*. l) *Appiam templum*. m) — *Haec et alia*. n) *templa*. o) *imperatorum, consulum, senatorum praefectorumque*. p) *paganorum*. q) *Romana*. r) *sicut*. s) — t) — u) *quantae*. v) *et argenti, heris et eboris preciosorum*. w) , x) *potuimus reducere curavimus*.

Excurs zu S. 10 Anm. 1. über den Zauberer Virgil.

Es hieße Waſſer in's Meer tragen, die Literatur über den Zauberer Virgilius (ſ. meine Allg. Litt. Geſch. Bd. II. 2. p. 624 sq. Dazu Mém. de Trevoux 1743. Avril p. 705 sq. Mercure Suisse 1741. Mars p. 236 sq. Extraits du Roman des sept sages de Rome. Paris 1839. 8. p. 35 sq. Scheible Kloſter Bd. II. p. 123 sq. Fr. Michel, quae vices quaeque mutationes et Virgilium ipsum et ejus carmina per mediam aetatem exceperint, explanare tentavit. Lut. Paris. 1846. 8.) hier nochmals zuſammenſtellen zu wollen, allein zwei Lücken in den bisherigen Beſprechungen über dieſen Gegenſtand, die nirgends ſonderlich bemerkt ſind, hier auszufüllen, dürfte nicht unintereſſant ſein. Dieſe ſind erſtens die Chronik des ſogenannten Pſeudo-Villani, in welche der Sagenpetus vom Virgilius, ſoweit ſich nämlich die von ihm erzählten Sagen auf Reapel beziehen, faſt vollſtändig übergegangen iſt, und auf welche mich nächſt Hagen (Briefe in die Heimath Bd. III. p. 184 sq., wo Auszüge) der gelehrte Kenner der Reapolitaniſchen Geſchichte und Alterthümer, Herr Regierungsrath Dr. Schulz, aufmerkſam gemacht hat, dann aber die Darſtellung von Scenen aus dem Sagenkreiſe des Virgils auf einzelnen alten Kupferſtichen des 15ten Jahrhunderts. Mein verehrter Freund und College, der Director des hieſigen Kupferſtichcabinets, Frenzel, hat die Güte gehabt, mit gewohnter Kennerſchaft einige derſelben unter II. für mich zu beſchreiben.

I.

LE CHRONICHE DE LA INCLITA CITA DE NAPOLE CON LI BAGNI DE PUZZOLO ET ISCHIA DI G. VILLANI, NAPOLETANO,

in der Raccolta di varii Libri ovvero Opuscoli d'Historie del regno di Napoli di varii et approbati autori. Napoli 1680. 4. Nr. I.

Cap. XVII.

Come Virgilio per la Piacevolezza del Aero di Napoli cè compose la Georgica.

De la qual Città de Napoli Virgilio molto più chiaro de tutti li poeti non po tacere, imperoche vi fù Officiale, et lui scripse il libro de la Georgica. In nel tempo quando Octaviano ordenao Marcello Duca de li Napoletani, in nel tempo dil qual Marcello, essendo Consiliario, et quasi Rectore suo, ò vero Maistro, lui

28

homo sa gace et discipulo de le Muse, chiamato Virgilio Mantuano, si forono facte le Chiaviche sotto terra, havendo curso al Mare. E li puzi publici con li condutti d'acque per diverse vie et con sotti le artificio congregato in uno alto monticello chiamato Sancto Pietro à cancellaria, correno à le fontane publice, facte et edificate in ne la dicta Città, per la sagacità dil qual Marcello, e per pregere del dicto Virgilio, Octaviano chiamò Napoli, Donna de nova Città oppido Castello murato.

Cap. XVIII.
Come Virgilio per arte magica levò lo male aere da Napoli.

In ne la qual Città, per l'aiero de le Padùle in quello tempo si era gran habundatie de Mosche, in tanto che quasi in generavano mortalità. Il sopradicto Virgilio, per la grande affectione, la quale haveva à la dicta Città et a li soi Citadini, se fè, per arte Nigromantia, una Moscha d'oro, et fella furgiare grande quanto una Rana, sotto certi poncti de stelle, che per la efficacia et virtù de la quale Mosca tutte le Mosche create in ne la Città fuggevano, secondo che Alexandro dice, in ne la sua opera, che egli vide la predicta in una fenestra del Castello de Capuana et Gervase in ne la sua Cronica, la quale se intitola li Risponsi Imperiali, proba questa cosa fosse stata così da pò la dicta Moscha, levata da quillo loco, et portata al Castello di Cicala, si perdio la virtute.

Cap. XIX.
Come per incanto levò le sanguesughe del Acqua de Napoli.

Fe etiamdio fare una certa Sanguesuga di oro formata sub certa constellatione, la quale fò gictata in del profundo de pozzo bianco, per la efficacia et virtù de la quale le Sanguesuge furono cacciate de la Città de Napoli, le quale ce habundavano in gran quantitate et come mò manifestamente Noi vidiamo, operante la divina gratia, senza la quale non se pò fare niuna cosa perfecta, la predicta grazia et virtù dura perfina al dì d'hoggi, et durerà in eterno.

Cap. XX.
Come fe un Cavallo sub certa constellatione, che sanava la infirmità de li Cavalli.

Anche fè forgiare uno Cavallo de Metallo sub certa constellatione di Stelle che per la visione sola, dil quale Cavallo, le infirmitate s'haviano remedio di sanità, il quale Cavallo li Miniscarchi de la Città di Napoli havendo di ciò grande dolore, che non haviano guadagno à le cure de li Cavalli infirmi, si andaro una nocte, et perfurarolo in ventre, dupo dil quale percussione et roctura il dicto Cavallo perdi la virtù et fò convertuto à la construttione de le Campane de la

29

majore Ecclesia de Napoli, in nello Anno MCCCXXII il quale Cavallo si stava guardato à la Corte de la predicta Ecclesia di Napoli, del quale Cavallo si crede, che la Piazza de Capuana porte l'Arme, ò vero insegne, cioè uno Cavallo in colore d'oro, senza freno, per la qual cosa quando il Serenissimo Principe Rè Carlo prima, intrò in la Città di Napoli, maraviglandose de le Arme di questa Terra, ò vero Piaza, et de la Piaza di Nido, la quale havia per Arme uno Cavallo nigro, puro senza freno, si comandò, che fosseno scripti doi versi:

Hactenus effrenis, nunc freni portat habenas,

Rex domat hunc Aequus, Parthenopensis Equum.

De li quali versi la sententia in vulgare si è questa, che el Rè justo di Napoli doma questo Cavallo isfrenato, à li homini senza freno, li apparecchia le retine del freno.

Cap. XXI.

Come levò le Cicale per incantamento.

Etiamdio quello chiarissimo Poeta si fè fare una Cicala ò vero cantatrice de Rame, per Arte de Nigromancia incantata, et si la lighò ad uno Arbore con una catenella, per la efficacità et virtù de la quale Cicala, si fuggerono da la dicta Città tutte le Cicale, le quale erano tanto infestante, et contrarie à li Citadini per brutto canto, che quasi non potevano de nocte dormire ne riposare et la dicta gratia dura per fina al dì de hogi.

Cap. XXII.

Come ancora provedette alle Carne, che non puzzassero.

Niente dimeno volendo lo dicto Virgilio provedere à la utilitate de 'quell li quali sentiva danno, molte volte in ne la carne fresca e salata, che spisse volte fetiva, per lo Vento Austro, il quale 'è à la dicta Città multò contrario et imperò se corrompevano le dicte carne, il dicto Virgilio fè appendere diversi pezzi di diversi carne per la dicta Arte maggica in uno Archo de la Buzaria de la Piazza dello Mercato Vecchio, dove in quel tempo se vendeva la Carne, et anche mò se vende per la virtù de li quali pezzi di carne, tutta la carne la quale restava, che non se poteva vendere, si se conservava per più di et somane senza corruptione, et la Carne salata se conserva ben trè anni et più.

Cap. XXIII.

Come Vergilio provedio à lo vento de Aprile, che guastava li fructi di Napoli.

Per lo vento lo quale se chiamava Favonio ò vero forano, che guastava li Arbori et comunemente sole ventare à la entrata di Aprile, ne la dicta Città, et destrugitivo de le frunde, de li fiori, et de li fructi teneri de li Arbori, lo dicto Summo Poeta fè forgiare una Imagine de Rame, sotto certi segni et congiuntione de pianeti, la quale Imagine teneva una Tromba in bocca, la quale percossa, o ponta dal dicto Vento Favonio, per la virtù de li dicte pianete, faceva ventare un' altro Vento contrario al dicto Vento Favonio, lo quale era de necessità de tornarese in dietro, per la qual cosa li Arbori, et li fructi crescivano senza nocimento, et perveniano ad maturatione perfecta.

Cap. XXIV.

Come per la sanità de li Citadini fè venire à Napoli molte herbe de virtù.

Volendo anco lo dicto eximio, et summo de li Poeti, providere ancora alle infirmitate de li homini, con quelle salutifere et medicinale herbe, li quale bisognavano per li Suchi et sciroppi, le quale herbe in molte parte de le mundo non si trovano, maximamente la State, à pedi ò sotto la schiapa Monte Vergine, sopra Avelle, et apresso Mercholiano, lo quale monte mò se chiama lo monte Vergine per le meravigliose sue Arte et ingegni, fè ordinare uno Giardino ò vero Orto meraviglioso, et fece d' ogni generatione de herbe, lo quale Giardino tutti quelli, che andavano per cogliere herbe per le cure, ò remedio de li infirmi, la herba et la via si se demostrava lievemente. Et quelli che andavano per destruggere et sipare et levarene le dicte herbe, per pastenare ad altrove, non se lassava vedere, et non ce trovavano mai via donde ce potessero andare, in nel quale Giardino, etiamdio per fin al tempo nostro senze conglieno molte herbe medicinale et virtuosissime, de le quale alcune herbe non se trovano in alto loco, se non in quel Giardino.

Cap. XXV.

Come non ce era Pesce et incantò una preta, et fecela copiosa.

Anchora volendo lo dicto Poeta la predicta Città, la quale con gran voluntate desiderava de se magnificare per fama et riccheza, che non era fertile de pesce, per lo poco fundo del Mare, che stà di presso de de Napoli, volendo providere à la utilità del Mare, e de li Citadini, fè laborare una preta, et fè intagliare uno pescitello, et fello fabricare in quello loco dove se chiama mo la petra de lo pesce, in de lo quale loco per fino che stette la dicta petra, giamai non manchao, che non ce fosse pesce grosso et minuto.

Cap. XXVI.

Come à la porta Nolana fé fare due Teste, che segnificavano augurij.

In ne la entrata de la dicta Città sopra à la porta Nolana succedendo ad ipso le mirabile influentie de le dicti pianeti, fè mirabilmente edificare, et iscolpire doi teste humane per sino à lo pecto di marmore, l'una de homo allegro, che rideva, et l'altra di donna trista, che piangeva, havendo diversi augurij et effecti, se alchuno homo intrava à la dicta Città per obtinere alcuna gratia, et per spaz-

zare alcuna sua facenda, et casualmente declinava la sua mirata da lo lato de la porta dove stava lo homo, ò la Imagine, che rideva, consequitava bono augurio, et tutto suo desiderio haviva bono effecto, et tutte sue facende, se declinava la sua intrata al lato de la porta dove era la testa, che piangea, ogni male, et niuno spaecimento illo havea in nelle sue facende.

Cap. XXVII.

Come fò ordinato lo Joco ad carbonara.

Et in quello tempo ancora lo ingenioso Poeta ordinao, che ogni Anno se facesse lo Joco de Carbonara, non con morte de homini, come de pò e facto, mà exercitare li homini à li facti dell' Arme, et donavandosi certi doni ad quelli, che erano Vincitori. Et hebbe principio lo dicto Joco dal menare de li Citrangoli, à lo quale da pò successe lo menare de le prete, et pò ad macze; ma stavano col capo coperto con bacinetti et Ermi di Coiro. Et de pò più nanci venne al tempo di anni MCCCLXXX che quelli chenze jocavano non obstante, che se armavano de tutte Arme, infinite ce ne moreruno et è chiamato Caronara, in nel qual Joco se solevano gettare le bestie morte, mondecze. Ordinò anche in la dicta Città per saua arte mgica, quattro capi humani, che erano stati morti nanci longo tempo, li quali capi davano risposta vera de tutti li facti, che se facevano in le quatro parte de lo Mundo, ad ciò che tutti li facti de lo Mundo fosseno manifestati al Duca de Napoli.

Cap. XXVIII.

Come Virgilio levò le Serpe de Napoli.

Anchora in ne la dicta Città de Napoli, à la Porta Nolana, la quale mò se chiama de forcella, et una via de prete artificiosamente constructa, et ordinata et à la dicta via è uno Sigillo, al quale Sigillo lo dicto Virgilio non senza gran ministerio concluse et annullao ogni generatione de' Serpenti et de altri Vermi nocivi, la qual cosa Dio, per sua misericordia, per finò mò la observa in tanto, che per chiaviche, et per fossati facti sotto terra, per fare le edificij, et puczi, mai non cio trovato Serpe, ne altro Verme nocivo, nè morto, excepto si con legame di fieno ce fosse stato portato casualmente. Et à doctrina et ammaistramento de li Napoletani, nati in Patria fertile et habondevole, stando in Napoli, compose el libro de la Georgica, in nel qual libro se insegnano li modi, come, et in qual tempo se debbiano arare, et cultivare li campi et seminareli, et in qual tempo si debbiano piantare li Arbori et tagliare et insertare, secondo, che ipso attesta à lo fine de la dicta opera. Dove dice in quello tempo si me ne nutricava la dolce Parthenope multo nobile in ocio, et florido in nello studio, lo quale

32

Virglio per natione Lombardo, hebbe principio da una Villa de Mantuani, chiamata Andes, et florio in fama nel tempo de Julio Cesare sotto Ottaviano; et in nell' Anno de lo suo Imperio XXV finio la sua vita in ne la Città de Brindesi, et pò fò rapto per li Calabresi, come à cosa molto delectevole, et fò portato 'in Napoli et fò sepellito in quello loco, dove se chiama S. Maria dell' Itria, al presente S. Maria de Pedigrotta, in una sepoltura ad uno piccolo Tempio quatratora, con quattro cantoni fabricati de tigole, sotto ad uno marmore, scripto et ornato de lo suo Epitaphio de lettere antique, lo quale marmore fò sano al tempo de li Anni MCCCXXVI. In ne lo quale Epitaphio erano scripti doi versi, li quali dicevano in sententia, Mantua me generò, li Calabresi me rapero, mò me tiene Napoli, lo quale scripsi in versi la Buccolica et la Georgica et la Eneida.

Cap. XXIX.

Come ordinò Virgilio le acque de Baja et distinse le Virtù de le acque et fé li Bagni ricon scpture.

Chonsiderò ancora il predicto Poeta eximio, che in ne le parte de Baja, appresso de Cuma erano le acque calde, havendo diversi corsi sotto terra, per le Vene et materie de diversi operationi de Sulfo, cioè de Alume et di ferro, de pece et de argento vivo, le quale habundavano de diverse virtute, considerò aduncha edificare per la comune salute de li Citadini de Napoli, e per la utilitate de tutta la Republica, molti et diversi bagni, et maximamente quello avantagiato Bagnio, lo quale e chiamato Tritola, in ne lo quale erano scripte tutte li nomi et virtute de tutte le acque, specificatamente per sottile magisterio de fabriche disignate, ad ciò, che li poveri malati senza aiuto et consiglio de Medici, li quali senza alchuna charità domandano esserno pagati, potessero de la desiderata charità trovare remedio di loro infirmitate, in ne li quali bagni li cattivi Medici di Salerno, la poca charitate et grande iniquità, che haviano, che una nocte navigando per fino à li dicti bagni, et si guastaro tutte le Scripture et picture, scripte et pente in ne li dicti bagni, conferri et altri instrumenti da dirompere li dicti edificij. La justa et condigna virtù de Dio li ponio, che como li dicti Medici ritornavano ad Salerno per Mare, furono assaltati de una grandissima tempestate annegati, excepto uno lo quale manifestò questa cosa, et proprio annegaro intra Capre et la Minerva promuntorio di Salerno.

Cap. XXX.

Come fé la Grotta per la commodità de li Citadini de Napoli, dove se chiama fore grotte, benche, alcuni dicono, che la fece fare Locullo.

Havendo ancora lo dicto Poeta advertenza alle fatighe et tedij de li Citadini di Napoli, che voleano gire spisso ad Puczoli et a li bagni soprascripti de Baja, per li Arbostri de uno Monte durissimo, lo quale era principio di affanno di quelli, che volevano passare lo sopradicto Monte, tanto da capo, quanto da piedi, fè aperire innanci che ce comenzasse la grotta. Et considerando per Geometria, con una mesura per potere cavare sotto di questo Monte; ordinò che fò forato, et cavato il Monte predicto, fè fare una cava, ò vero grotta di longhezza et di larghezza, la quale grotta fù con tanta subtilità ordinata; che la metate de la dicta grotta per lo nascimento del Sole luce da parte de Levante, da la matina per fi ad mezo dì; et da mezo dì per fi à la posta del Sole luce; l'altra metate da la parte de Ponente; et imperoche quelli, che passavano lo loco era tenebroso et obscuro, che per questo pariva male Segnio, in tal dispositione de pianeti, et corsi de stelle fò dicta grotta cavata et di gratia dotata: che niuno timore ne suspictione, e ad quelli che ce passano, et non sence pò ordinare imbuscamento; ne sence pò fare acto dishonesto à donne, et questo è provato, et inducto per fino à li nostri tempi, di la quale Grotta ne parle Seneca.

Cap. XXXI.

Come consacrò lò Ovo allo Castello dell' Ovo donde pigliò lo nome.

Era in nel tempo de lo dicto Virgilio uno Castello edificato dentro Mare Sopra uno Scoglio, come per fine mò è, el quale se chiamava lo Castello Marino ò vero di Mare, in dell' opera di lo quale Castello, Virgilio dilectandose, con sue arte consacrò uno Ovo, el primo che fè una Gallina; lo quale Ovo posse dentro una carrafa, per lo più astritto forame de la dicta carrafa, la quale carrafa et Ovo fè ponere dentro una gagia di ferro sottilissimamente lavorata, et da la dicta gabia, la quale continеva la carrafa, et lo Ovo, fè ligare, ò appendere, con alchune lamine de ferro, de sotto uno travo di cerqua, che stava appoggiato per traverso alle mura de una camarella, facta studiosamente per questa casone, et con gran diligentia et solemnità, la fè guardare in nella dicta Camarella, in loco secreto et sicuro de bone porte, et chiavature di ferro. Imperòche da quello Ovo, da lo quale lo Castello pigliò il nome, pendevano tutti li fati del Castello. Li Antiqui nostri tennero, che dall' Ovo pendevano li fati et la fortuna del Castello Marino, vero che lo Castello dovia durare tanto, quanto lo Ovo se conservava così guardato.

Cap. XXXII.

Come acquistò la scientia Virgilio.

Non è da maravigliare se lo dicto Virgilio, hebbe tante scientie et tante virtute; imperòche in nello tempo de la sua gioventù, secondo che se lege ad una Chronica antiqua, intrò ad una grotta, che stà dentro Monte Barbaro cavato di

34

sotto: una con un suo discipulo chiumato Philomelo, volendo havere chiara notitia de li Miraculi et de quelle cose che le haviva operate uno nomine Chironte, Philosopho, et la trovaro la Sepoltura de lo dicto Chironte, et li levò di sotto la testa uno libro, in ne lo quale libro se fé doctissimo et ammaistrato in ne la Nigromantia, et in ne le altre scientie.

Cap. XXXIII.

Quello che successe dopò la Morte de Virgilio.

Dicesi, che morto lo dicto Virgilio in Brindesi, et essendo lo corpo de quello portato in Napoli; con gran diligentia, la Sepoltura de tal corpo se guardava et osservava, la quale come è decto, stava vicino S. Maria de Pedegrotta, per la quale Sepoltura in verità lo vulgo la chiama grotta de Virgilio, ò vero per la via vecchia de Puezoli, lontano da Napoli circa due miglia. Lo che in tendendo uno Physico Inglese, persuadendose, che alcuna virtù fusse in le ossa, et poluere de quello, como sogliono essere vane le opinioni de li homini, impetrò dal Rè Rogieri, possere aprire dicta Sepoltura, et distillare le ossa, et bevere l' acqua de quelle, per possere havere lo ingegno et sapere de Virgilio, et havendo presentate tale littere à la inclita Città de Napoli, dubitando quella, come sole essere la opinione del Vulgo, che se tale opera se facesse, non havesse successo qualche male, per lo primo lo negò, tamen volendo obedire alle Sacre littere del Rè, se contento, che lo dicto Physico Inglese, facesse quello li piaceva, non però devesse guastare le ossa, ò vero removere da la dicta Sepoltura, lo, che fò facto, et dicono, che lo dicto Physico havesse trovato uno libretto de certi Secreti mirabili in la dicta Sepoltura, lo quale libretto pervenne poi, secundo voleno alcuni, in le mano de Joanne Cardinale de Napoli, et che da quillo libretto foreno havuti molti Secreti. Dicono ancora, che li Napolitani pigliarono quelle ossa, et le fecero sepellire in lo Castiello novo, à talche non fossero levate. Jo potria del dicto Virgilio dicere multe altre cose, le quale hò sentito dicerese de tale homo, mà perche in major parte mi pareno favolose, et false, non hò voluto al tutto implire la mente de li homini de Sogni, et perche multe cose sono state dicte de sopra, de Virgilio, à le quale Jo scriptore de quelle, meno che li altri credo, prego ciascuno Lectore me habbia per excusato, perché non hò voluto fraudare la fama de lo ingeniossisimo Poeta, ò vera ò falsa, et la benivolenza la quale ipso portava à questa inclita Città di Napoli. Mà la verità de tutte le cose, la cognobbe, et conosce solo Dio, questo ben dirò, che Jo non scrivo cosa falsa ne fabolosa, che de quella lo Lectore non sia facto accorto.

II.

Virgil als Zauberer bildlich dargestellt.

Hiervon geben mehre Künstler des 15. und 16. Jahrhunderts verschiedene einzelne Scenen, in mannichfacher verschiedenartiger Weise nach den Erzählungen aufgefaßt, welche zugleich ein doppeltes Interesse haben, da einmal die Compositionen wechselartig in dem Styl und innern Charakter der verschiedenen Kunstschulen aufgefaßt sind, andererseits aber jene Darstellungen zugleich das doppelte Verdienst besitzen, daß sie, wie nachfolgend mitgetheilt wird, von den Künstlern eigenhändig in Kupfer gestochen sind und somit in der Geschichte der Chalcographie einzelne Merkwürdigkeiten bilden.

Wir führen nur einige jener Darstellungen als hauptsächlich an und beginnen die Reihe mit einem der ältesten Kupferstiche der altitalienischen Schule von einem anonymen Meister, wo der Künstler seine Composition auf folgende Art ordnete.

Ein großer Platz mit einigen Prachtgebäuden, wo besonders in der Mitte des Hintergrundes ein dem Colosseum gleichendes Rundgebäude, in dessen Fenstern mehre Zuschauer der vorgehenden Scene sich befinden, steht. Links nach dem Vorgrund ein viereckiger Thurm oben mit Zinnen, unter welchem in einem Bogenfenster die Buhlerin oder Geliebte des Virgil die Schnure oder das Seil eines Korbes hält, worin der Dichter zur Strafe wegen der Verfinsterung Rom's dem Volke zur Schau ausgehangen ist.

Im Vorgrund rechts ein mosaikartig reich verziertes Piedestal, auf welchem die Geliebte des Virgil nackend mit langem Haar und mit auf die Brust erhobenen Händen, in Gestalt einer Venus, stehend ist. Eine große Zahl wohlgekleideter junger Männer, wovon einige ihr Haupt bekränzt haben, übrigens in altflorentinischem Costüm, beeilen sich, ihre Fackeln an den Geschlechtstheilen jener Göttin anzuzünden, um das verfinsterte Rom wieder zu erhellen. Andere Männer auf reich geschirrten Pferden, sowie wohlgekleidete Frauen sehen staunend nach diesem Vorgange.

Im obern Theile der Platte ist in zwei Abtheilungen folgende mit altitalieni-schen Lapidar-Lettern gezeichnete Inschrift:

ESSENDO - LA. MATINA · CHIARO · GORNO IL POSE - IN TERRA · CON ·
SVO · GRANDE · SCHORNO.
VERE CHE · POI · CHE · CON SVA - GRAN - SAPIENZA - CONTRA ACOSTI -
MANDO - ASPRA SENTENZA.

Die Größe der Platte 11 Zoll franz. M. breit, 8 Zoll hoch.

Dieses nirgends bekannte, außerordentlich seltene Blatt ist aus der früheren Periode der italienischen Kupferstechkunst ohngefähr zwischen 1460—1470 gearbeitet, in der technischen Behandlung etwas hart, zuweilen übrigens in den dunkeln Stellen den Nielloarbeiten gleichend, von großer Charakteristik.

Eine andere Darstellung nach Alb. v. Eybs Erzählung, in mehrfacher Verän-derung und verschiedenartiger Auffassung im Vergleich zu den erstgenannten, wurde von Lucas van Leyden, Zeitgenossen von Albert Dürer gegeben.

Der Hauptgegenstand der Scene ist mehr im Hintergrund, wo in einem zur Linken befindlichen hohen Thurme der Dichter Virgil in einem Korbe an einem Fenster ausgehangen ist, während seine Geliebte mit einem Manne links an einem andern Fenster Zuschauerin ist. Im Vordergrunde nach rechts eine Gruppe Männer und Frauen bei der reich verzierten Vorhalle eines Gebäudes, die sich über den Vor-gang der Scene unterhalten, und drei Kinder, wovon eins mit Fingern auf den Dichter zeigt, füllen den Platz nach links. 8 Zoll 10 L. hoch, 7 Zoll breit. (Bartsch Peintre Graveur Nr. 136.)

Dieses Blatt, 1525 von dem Künstler in seinem 30. Jahre bearbeitet, gehört zu den vorzüglichsten seiner Werke und ist außerordentlich zart, andererseits auch sehr kräftig ausgeführt. Die Köpfe sind von sehr lebendigem Ausdruck und die Figuren von großer Handlung. Der italienische Kunstbiograph Vasari spricht darüber mit außerordentlichem Lob und erzählt, wie Albert Dürer, über die Schön-heit des Blattes eingenommen und ergriffen, sich bemühte, ein anderes Blatt zu liefern, was zwar ganz entfernt für den Gegenstand von dem ersteren, jedoch für die innere Vollendung noch etwas höher steht; es ist dieses der sogenannte Todten-ritter, gewöhnlich auch Ritter von Sickingen genannt. (Bartsch Peintre Graveur Nr. 98.)

Weiter in einer andern Composition bearbeitete Lucas van Leyden den genann-ten Gegenstand in einer Zeichnung zu einem Holzschnitt, welcher danach geschnitten wurde und wozu wahrscheinlich Lucas die Zeichnung selbst auf die Holzplatte zeich-nete. Die Composition ist etwas einfacher, die Zeichnung etwas derb, sowie auch die Vollendung des Schnittes. Das Blatt ist 15 Zoll 4 L. hoch, 10 Zoll 9 L. breit und gehört auch mit zu den wenig vorkommenden Holzschnittblättern nach Lucas van Leyden's Zeichnungen. (B. Nr. 16.)

Noch anders im Styl und etwas feiner in der Figurenzeichnung, da der Künstler die Zeichnung in Italien studirte, behandelte diesen Gegenstand der deutsche Maler und Kupferstecher Georg Pencz in zwei kleinen verschiedenen Darstellungen.

In der ersten sehen wir den Dichter Virgil links an dem Fenster eines runden Gebäudes (dem Friedenstempel in Rom gleichend) in einem Korbe dem Volke zur Schau ausgehängt 1). Rechts Männer und Frauen, wovon die ersteren in orientalischem Costüm, gegen ihn zeigend.

Das zweite Blatt führt den Fortgang der Erzählung vor, wo die Geliebte nackend und in etwas betrübter Stellung auf einem Piedestal sitzt, mit dem Rücken gegen den Beschauer gerichtet. Männer mit Fackeln und mit Laternen eilen, um ihr Licht bei der Bestraften anzubrennen.

Beide Blättchen, welche überaus fein und ausdrucksvoll bearbeitet sind, tragen das Monogramm G. P. ꝑ des Meisters. (B. Nr. 87 und 88.)

---

1) Dieser Theil der Begebenheit findet sich auch auf alten Sculpturen an Kirchen ꝛc. des 13 Jahrhdts. S. Legrand Fabl. et Contes. T. I, p. 293 sq. 368.

Zur sagenhaften Naturgeschichte des Mittelalters.

Erstes Capitel.

Von den Meermännern und Meerfrauen.

Das Alterthum bevölkerte bereits das Meer und die Flüsse mit göttlichen Bewohnern, wir lesen von Tritonen und Nereiden, Quellennymphen und Flußgöttern, und auch das Mittelalter weiß in seinen Sagenkreisen so Manches von ähnlichen geheimnißvollen Wesen zu berichten, wie denn schon das Heldenbuch in einer seiner Episoden, das Meerwunder betitelt, erzählt, wie die Lombardische Königin Theudelinde, von einem Meerungeheuer geschwängert [1]), ein ähnliches zur Welt brachte, und die schöne Melusine, die Fee des Partenoper von Blois und des Ritters von Staufenberg gehören derselben Familie an. Es fragt sich also, was hiervon zu halten sey und ob die Sage von Nixen männlichen und weiblichen Geschlechts [2]) historisch wenigstens einige Begründung habe. Nun soll schon unter dem Kaiser Mauritius einstmals ein gewisser Hauptmann Menas in dem Theile Aegyptens, welcher Delta genannt wird, früh gegen 9 Uhr im Nil einen Meermann, ganz wie ein Mensch bis an die Lenden und mit röthlichen mit grauen gemengten Haaren, sonst furchtbar anzusehen, sowie eine Meerfrau mit Brüsten, ganz wie ein gewöhn-

---

1) Ziemlich dasselbe berichtet von einem Meermanne aus der Spanischen Provinz Galicien Torquemada Colloq. I. S. 122 ff.

2) Eine Menge dergleichen Sagen, die sich leicht vermehren lassen, s. in meiner Sage von Tanhäuser S. 34 ff. Anm. 19. Grimm, deutsche Mythol. S. 456 ff. Daumer, Geheimnisse des christl. Alterth. Bd. II. S. 226 ff. Schmidt, Mährch. b. Straparola S. 316 ff.

liches Weib, und langen Haaren erblickt und davon den Kaiser unterrichtet haben [1]). Auch Vincenz von Beauvais berichtet [2]), daß in Sicilien unter König Roger einst ein junger Mann, als er bei Mondenschein im Meer gebadet, ein hinter sich her schwimmendes Frauenzimmer erblickt, bei den Haaren ergriffen, mit an's Land genommen und trotzdem, daß er kein Wort über ihre Herkunft ꝛc. von ihr herausbringen können, zur Frau genommen habe. Als ihm nun einer seiner Freunde Angst gemacht, daß er sich mit einem Gespenst verbunden, habe er sie mit gezogenem Schwerte aufgefordert, zu gestehen, wer sie sey, widrigenfalls wolle er den mit ihr erzeugten Sohn tödten. Sie habe jedoch geantwortet, dadurch, daß er sie zum Reden zwinge, werde er sie ganz verlieren, und sei sofort verschwunden, und auch den Sohn derselben habe, als er erwachsen sich einst im Meere gebadet, dieselbe gespenstische Frau in Gegenwart Vieler entführt und unters Wasser gezogen [3]). Auch 1305 [4]) ward ein Seemann mitten im Meere bei Holland gefangen, der wie ein Ritter gewappnet war, und an's Land geführt, starb aber schon nach 3 Wochen zu Dockum. Ebenso ward 1403 [5]), nach Andern um 1400, bei einem großen Sturme ein Seeweib aus der Zuydersee durch eine Oeffnung in den Deichen in's Purmermeer getrieben, wo sie herumschwamm, und da man jene Oeffnung verstopft hatte, keinen Ausweg finden konnte. Endlich wurde sie von den Milchweibern, die von Edam aus über das Purmermeer fuhren, herausgefischt und mit nach Edam genommen. Dort wusch man sie und zog ihr Kleider an, allein ihre Sprache konnte Niemand verstehen und sie ebenfalls auch die Landessprache nicht. Da nun die Stadt Harlem dieses Seeweib zu sehen wünschte, so schenkten die Edamer sie dorthin. Sie lebte dort lange unter strenger Aufsicht, weil sie immer wieder ins Wasser springen wollte, lernte auch spinnen und wurde nach ihrem Tode auf dem Kirchhofe begraben, weil man gesehen hatte, daß sie das Zeichen des Kreuzes, welches sie von ihrer Wirthin gelernt, öfter zu machen pflegte. Auch in der Tiber ward 1525 ein Meerweib gesehen, welches sich aber nicht fangen ließ [6]). Im folgenden Jahre ward in Friesland ein Meermann gefangen, der

---

1) S. Nieremberg N. H. L. V. c. 14. Vorher hatten jedoch schon Aelian (de Nat. Anim. XVI. 8.) von Meermännern in Taprobane (Ceylon?) und Plinius (Hist. Nat. IX. 8.) von Seejungfern im Meere bei Gales zur Zeit des Tiberius berichtet.

2) Bei Grosius, Magica s. de spectris I. 35. p. 25.

3) Schon 1187 ward ein Meermensch bei Orford gefangen, der, nachdem er 6 Monate im dasigen Schlosse gefangen gehalten ward, dahin zurückfloh (S. Jordan, Voy. hist. de l'Europe T. IV. p. 100.)

4) S. Wolf Niederländ. Sagen Nr. 217. S. 319.

5) S. Wolf a. a. O. Nr. 219. S. 319 ff. Happel Relat. lur. II. Bd. II. p. 17 ff.

6) S. Seyfried, Medulla mirabilium naturae p. 551. In das Jahr 1523 setzt dies Happel a. a. O. S. 13. Ebenso bei Lycosthenes, Wunderwerk S. CCCCLXXIV, wo eine Abbildung.

40

einen großen Bart und lange, Schweinsborsten ähnliche, Haare hatte; er blieb stumm und starb nach einigen Jahren mit vielen andern Personen an der Pest [1]). Uebrigens sollen nach alten Chroniken von Friesland hier schon im Jahre 134 n. Chr. dergleichen Meermänner gesehen worden sein [2]). Auch im Jahre 1531 [3]) fing man in der Ostsee bei Malmöe in Schonen einen Meermann mit einer Bischofshaube geziert, den man dem König Sigismund von Polen verehrte, der ihn aber, da er ihm durch Zeichen dargethan, daß er gern wieder in's Wasser wollte, wieder an dasselbe bringen ließ, worauf er sich sofort hineingestürzt haben soll. Auch Petrus Martyr berichtet [4]), daß die Spanier in der Landschaft Ataja einen Meermann gesehen hätten, der ganz furchtlos das Schiff angesehen habe, und erst, als er durch das Geschrei der Schiffsleute unruhig geworden, untergetaucht sei und dermaßen mit seinem Fischschwanze um sich geschlagen habe, daß sich hohe Wellen aufgethürmt hätten. Desgleichen unter Papst Eugen IV. ward in Dalmatien bei Sebenico ein Meermann, eben als er einen Knaben fortschleppen wollte, gefangen und geschlagen. Er sah einem Menschen ganz ähnlich und seine Haut war wie ein Aalfell, auf dem Kopfe hatte er zwei Hörnchen, an den Händen aber nur zwei Finger und seine Füße gingen wie bei Fischen in Floßfedern aus [5]). Auch ward in der Ostsee 1546 ein solcher Meermann gefangen, der Hals, Schultern, Brust und Kopf wie ein Mensch hatte, dessen Kopf aber geschoren war, wie bei einem Mönche, und dem über Schultern und Brust eine mit schwarzen und rothen Flecken bemalte Mönchskappe mit einem breiten Saume herabhing; statt der Arme hatte er Floßfedern, die Füße aber bestanden aus einem Fischschwanz [6]). So weiß Luther [7]) in seinen Tischgesprächen von einer Seefrau zu erzählen, die sehr schön war und gefangen mit einem der Matrosen ein Kind zeugte, aber als das Schiff einst wieder an die Stelle im Meere kam, wo man sie gefangen hatte, mit ihrem Kinde ins Wasser sprang und verschwand. Auch Alexander ab Alexandro [8]) erzählt, es habe zu seiner Zeit ein Meermann sich in seiner Gegend in einer bei einer Quelle befindlichen Höhle versteckt gehalten und daselbst eine

---

1) S. Happel a. a. Orte S. 18.

2) S. Wolf Nr. 510. S. 609. sq.

3) S. Happel a. a. O. S. 18. Nach Wolf Deutsche Sagen Nr. 246. p. 355 fällt diese Begebenheit schon 1433. Eine Abbildung desselben findet sich bei Zahn, Spec. phys. mathem. hist. Norimb. 1696. II. fol.

4) S. Happel a. a. O. S. 14.

5) S. Happel a. a. O. S. 18. nach Fulgos. I. c. 6.

6) S. Happel a. a. O. S. 18. sq. wo der M. auch Nr. 3. abgebildet ist

7) Bei Grosius, Magica I. 108. p. 79.

8) Dies gen. III. 8. Einen Meermann sahe man zur Zeit des L. Vives in Holland, der zweimal die Pest bekam (s. Er. Fräncisci, Acerra exotica I. p. 827.), wohl aber d. obige A. 1. ist.

Frau, die Waſſer geholt, genothzüchtigt und mit unter das Waſſer genommen als er aber zurückgekehrt, habe man ihm aufgepaßt und ihn gefangen, er aber habe ſich zu Tode gehungert. Auch haben 1619 zwei däniſche Reichsräthe, Wolf Roſenſparr und Chriſtian Holcke, die als Geſandte nach Norwegen geſchickt wurden, bei einem ſehr ſchönen Tage unten auf dem Meeresboden einen Meermann, deſſen ganzer Leib mit Haaren bedeckt war, herumwandeln und unter jedem Arme ein Bund Stroh tragen ſehen, ihn durch einen Schinken, den ſie hinuntergelaſſen, gefangen und heraufgezogen, aber, als er ihnen und ihrem Schiffe den Tod gedroht, wieder hinabgelaſſen [1]), worauf er davon geſchwommen. Auch ward 1620 der däniſche Reichsrath Chriſtoph Ulefeld auf einer Seereiſe nach Gothland ebenfalls einen ſol= chen Seemann gewahr, der bei ſchönem Wetter aus dem Waſſer heraus das Schiff betrachtete, als man ihm aber ein Hemd zuwarf, fortſchwamm. Noch unter König Friedrich II. von Dänemark zeigte ſich eine Meerfrau [2]) am Däniſchen Geſtade, ließ ſich mit einem Bauer in ein Geſpräch ein und ſagte, ihr Name ſei Jbrant, ſie ſei ſchon über 80 Jahre alt und lebe wie ihre Mutter, Großmutter und Ur= großmutter ſchon im Meere, und verkündigte, daß das Kind, womit die Königin gegenwärtig ſchwanger gehe, ein Prinz ſei und einſt König des Landes (als Chriſtian IV.) ſein werde. Sie ſah wie eine Jungfrau aus, hatte große Brüſte und war ganz wohlgebildet wie ein Menſch, nur war ihr ganzer Körper, mit Ausnahme der Hände, welche weiß und flach waren, mit weißen Haaren, wie die Seewölfe haben, bedeckt, um den Unterleib aber hatte ſie einen Faltenrock von Delphinhäuten. Ebenſo ward 1624 im Adriatiſchen Meere bei Venedig [3]) ein Fiſch gefangen mit einem Menſchengeſicht, aus deſſen Munde ein rothes Kreuz ging. Auf dem Kopfe hatte er eine Kaiſerkrone mit drei doppelten Kreuzen, auf dem Rücken ein Geſchütz, am Leibe eine Helleparte und zwei über einander ge= ſchränkte Fähnlein, in deren einem $\begin{smallmatrix} D & A \\ H & A \end{smallmatrix}$, in dem andern aber F R P ſtand. Am Schwanze hatte er drei Musketen, auf welchen übers Kreuz ein Degen lag, nicht weit davon einen Todtenkopf. Nach dem Bauche zu waren ſechs Piken, am Nacken gingen ihm ebenſo wie vorn am Geſicht vier Aehren heraus. Er hatte zwei häßliche Füße und an einem jeden 4 Klauen, die aber ganz anders wie Vogel= oder Thierklauen ausſahen. Einen andern Meermann fing man 1631 im Nil bei Roſette, warf ihn aber wieder in's Waſſer (ſ. Er. Franciſci a. a. O. p. 830). So ſah auch 1610 der Capitain John Smith am Ufer des Hafens St. John in Virginien ein Meerweib heranſchwimmen, die bis an den Nabel

---

1) S. Happel S. 15 ff.

2) S. Happel a. a. O. S. 17. Ueberhaupt ſind die nordiſchen Meere der Sitz ſolcher Geſchöpfe (ſ. Olaus Magnus XXI. 1. Er. Franciſci Acerra Exoticorum. Frkft. 1674. 8. Bd. I. S. 831.)

3) S. Happel a. a. O. S. 16.

6

ganz wie ein hübfches Frauenzimmer geftaltet war, unten aber in einen Fifch auslief, und ganz blaue Haare hatte. Sie wollte in's Schiff fteigen, ward aber
durch Schläge von den Matrofen daran gehindert ¹). Ein eben folches Meerweib
ward 1619 zu Büfum auf der Rufing im Lande Dithmarfen gefehen, welche am
Ufer faß und ihre langen Haare kämmte, oben wie ein fchönes Frauenzimmer
mit herrlichen Brüften, unten aber wie ein Fifch geftaltet war, und als man ihr
zurief, in's Waffer lief ²). Ein ähnliches Weib zeigte fich 1669 in der Nähe
von Malmöe, welches mit den ihm zugeworfenen Broden fpielte, aber als man
ihm nahekam, ebenfalls in's Waffer fprang ³). Ebenfo zeigte fich 1618 in Jüt-
land von Dranet her über den Koppeln vor dem Klofter ein kleines Seemännchen,
ohngefähr 40 Jahre alt, mit einem großen fchwarzen Barte, fchwarzbraunem Ge-
ficht und überhängenden Ohrlappen. Es fchlief da auf Stroh, lief aber am andern Tage wieder fort, ging dann in die Kirche und betete da, worauf es aber
auf der Haide wieder verfchwand ⁴). Einige Jahre vorher zeigte fich auf dem
Felfen Diamant bei Martinique ein Meermann, ohngefähr wie ein fünfzehnjähriger
Jüngling groß, mit grauen Bart- und Kopfhaaren, fonft aber am Körper faft
ganz behaart, und in einen Fifch zugehend ⁵). Auch bei Formofa zeigte fich 1661
ein Meerweib mit gelben Haaren ⁶). Ebenfo ward 1683 zu Venedig ein ge-
fangenes Meerweib für Geld gezeigt ⁷) und 1687 fah der Miffionär Carli einen
Meermann im Aethiopifchen Meere vom Ufer in's Waffer fpringen ⁸). Auch zu
Amboina wurden 1683 und 1714 Meerweiber gefehen und gefangen, bis an den
Nabel wie Frauenzimmer geftaltet, mit vollen Bufen, unten aber wie Fifche aus-
gehend und Schwimmhäute zwifchen den Fingern habend ⁹). Ein Meermann kam
dann wieder 1737 in der Nähe von Exeter zum Vorfchein ¹⁰), einen todten Meermann mit einem Menfchengeficht, aber unten wie ein Fifch geftaltet, fah der Prediger Angel an der Norwegifchen Küfte ¹¹), vorher hatte man fchon 1670 an der
Küfte von Faröe ein Meerweib gefehen, die in der rechten Hand einen Fifch hielt

1) S. Francefci Oft- und Weftindien Bd. II. S. 1413. Taf. 47. Fig. 3. Zeiler, Theatr
trag. p. 20. Happel Bd. II. S. 41.
1) S. Vieth, Befchreibung des Landes Dithmarfen S. 443.
2) S. Eisner, Merkw. Zeitgefch. S. 145.
4) S. Happel Bd. V. S. 319. ff. 1678 nach Müllenhoff, S. a. Schleswig S. 574.
5) S. Maillet, Talliamed ou Entretiens d'un philosophe T. II. p. 177 sq. Curiofitäten
Bd. V. 4. S. 301 ff.
6) S. Herpont, Oftind. Reifeb. S. 57.
7) S. Sebaldi Brev. hist. S. 535.
8) S. deffelben Reifebefchr. S. 28.
9) S. Valentyn, Ouden Nieuw Oost Indien T. III. t. 52. p. 331.
10) S. The philos. Transact. f. 1676. Wonderful Magaz. for Septbr. 1764.
11) S. Pontoppidan, Hiftorie v. Norwegen Bd. II. S. 359.

und deren Haare in's Waffer herabhingen [1]), und an demfelben Orte **1723** einen Meermann. Dergleichen Meermenfchen follen nun viele an den Küften der Philip-pinen exiftiren [2]) und von den Eingebornen **Duyon**, von den Portugiefen aber **Pesce Mugger** genannt werden. Auch bei Brafilien finden fich dergleichen, welche **Yupiapra** heißen, und einen folchen hat zu Leyden J. de Laet fecirt: er war weib-lichen Gefchlechts [3]). Der berühmte Bartholin bekam von dem Skelett eine Ribbe und eine Hand und fah dann zu Rom im Puteanifchen Mufeum die Abbildung eines bei Malta gefangenen Wafferweibes [4]). Auch der Herrnhut'fche Miffionär Quandt erzählt [5]) eine Menge Beifpiele von dergleichen Meerweibern, die mehrere feiner Collegen theils in Surinam felbft gefehen, oder von denen ihnen doch die Eingebornen Vieles erzählt hätten. Ueberhaupt fürchten die Indianer diefe Waffer-menfchen **Lukka Kujaha** fehr, und behaupten, fie pflegten ihnen ihre Nachen um-zuwerfen, die Mohren dagegen follen vor den weiblichen Meerbewohnern gar keine Furcht haben und fich fogar mit ihnen begatten [6]), und damit die Spanifchen Schiffer nicht etwa in Oftindien daffelbe thäten, mußten fie der Obrigkeit früher einen Eid darauf leiften [7]). Auch am Vorgebirge der guten Hoffnung und im Japanifchen Meere follen fich folche Wefen fehen laffen, ja felbft in Rußland follen dergleichen Fifche fogar gegeffen werden [8]). Ebenfo foll einft auf dem Vorgebirge Lunae in Portugal ein Meerjüngling gefangen worden fein, der des Nachts an's Ufer kam und den Fifchern die Fifche roh wegfraß [9]). Auch in diefem Jahrhunderte hatte fich im Jahre **1814** eine Meerfrau an den Schottifchen Küften gezeigt [10]), und endlich gelang es einem gewiffen **William Dellan**, als er am 30. September def-felben Jahres an der Küfte der Halbinfel Maggen der Provinz Ulfter in Irland feine Netze auswarf, nach einer folchen Meerfrau zu fchießen, und da fie verwun-det war, fie durch feinen Wafferhund fangen zu laffen. Er nahm fie mit an's Land, fetzte fie in ein mit Meerwaffer gefülltes Boot und nährte fie mit Fifchen und Häringen. Sie maß 5 Fuß 4 Zoll vom Scheitel bis an die Spitze des Schwan-zes, in den fie ebenfalls auslief, hatte einen großen Mund, eine platte Nafe, rothe Augen, grüne, über eine Elle lange Haare, an jeder Hand außer dem Dau-

---

1) L. Debes, Nachr. v. d. Farbern S. 365.
2) S. Kircher, Art. M. L. III. P. VI. p. 676.
3) S. Happel Bd. II. S. 12.
4) Hist. Anatom. Cent. I. et II. p. 186.
5) Miffionsreife nach Surinam, Görlitz 1807 S. 104. Curiof. a. a. O. S. 294 ff.
6) S. Mocquet, Reifebegebniffe S. 202.
7) S. Bartholin a. a. O. S. 189.
8) S. Happel S. 14 ff.
9) S. Happel a. a. O. S. 17.
10) S. Correfp. v. u. f. Deutfchl. 1814 Nr. 296 S. 1238.

44

men drei sehr lange Finger und glich von den Hüften aufwärts, auch der Farbe nach, einem wohlgebildeten Frauenzimmer [1]). Ein anderes Meerweibchen ward 1822 in der Capstadt gezeigt [2]). Noch in neuester Zeit (1832) zeigte man in London in einem Glaskasten ein sogenanntes Meermädchen, allein bei näherer Untersuchung fand es sich, daß es eine aus dem Oberkörper eines Affen und dem Untertheile eines Fisches künstlich zusammengesetzte Figur sei, die man in Ostindien Malaiischen Seeräubern abgenommen hatte, welche demselben als irgend einem Götzen ihre Verehrung gewidmet hatten [3]). Uebrigens ward noch 1839 bei Havre ein seltsamer Fisch gefangen, der oben einem männlichen Fische, unten aber einem Affen glich [4]).

Auf natürlichem Wege verfahrend, würde man nun aber unter dem See- oder Meermönch sich eine Art Delphin zu denken haben, wie derselbe an der westlichen Küste von Afrika von mehreren Reisenden angetroffen und beschrieben worden ist [5]). Ebenso würde die sogenannte Meerjungfer jedenfalls mit einem in den Flüssen und Seen von Angola und Kongo häufig vorkommenden Fische zusammenfallen, Ambize Angulo, d. i. der Schweinfisch genannt, der zwei kurze Arme und Hände hat, die er beugen, aber nicht wie ein Mensch zuschließen kann. Ihre langen Finger hängen mit dazwischen gewachsenem Fleische zusammen, wie die Entenfüße, der Kopf ist länglich rund mit kleinen Augen, flacher Nase, weitem Munde, aber keinem kenntlichen Kinne noch Ohren. Die Männchen haben Schamtheile wie die Pferde, die Weibchen aber zwei volle Brüste mit Zitzen, die dunkelgrau sind, unten aber laufen sie wie ein gewöhnlicher Fisch mit einem Gabelschwanze aus. Der Rücken ist mit einer starken Haut, die aber durchlöchert ist, bedeckt, und die sie wie einen Mantel öffnen und zumachen können. Ihre Länge beträgt 8 Fuß und ihr Fleisch ist eßbar und dem Schweinefleisch ähnlich. Offenbar ist das derselbe Fisch, den die Portugiesen, wie wir oben gesehen haben, pesce-mugger, Weiberfisch nennen [6]).

---

1) S. a. d. Belfast Chron. 1. Octbr. 1814. Curios. Bd. IV. 5. S. 292 ff.

2) Die Beschreibung b. Nork, Mythologie d. Volkssagen (Stuttg. 1848. 12.) S. 966 ff.

3) S. die Abbildung im Pfennigmagazin 1837. Bd. V. S. 5.

4) S. Ausland 1839 S. 560.

5) S. Allgem. Historie der Reisen Bd. III. S. 337 ff. — Nach welchen Quellen Alex. Dumas in s. Sage, die Heirathen des Vater Olifus (1001 Gespenst, d. Uebd. Bd. II. S. 167 ff.), von dem Schiffer Olifus zu Monikedam bei Amsterdam erzählt, daß er ein Meerweib, das er einst im Meere gefangen, 1823 geheirathet habe und mit ihr 5 Kinder gezeugt habe, weiß ich nicht.

6) S. Allg. Hist. d. Reisen Bd. V. S. 94 ff. IV. S. 690. In Romanform ist blos: Das Meerweib herausgegeben v. E. S. Hermidad. A. d. Dänischen v. F. X. Leo. Lpzg. 1850. IV. 8. Undatirte Sagen v. Meerfrauen u. Meermännern a. Holstein u. Holland s. b. Müllenhoff S. 338 ff. Kuhn u. Schwarz, Nordd. Sagen S. 295 ff.

45

Zweites Capitel.

Vom Galgenmännlein oder Mandragora.

Die alten Deutschen hatten bekanntlich Weissagepriesterinnen, deren Einfluß auf dieselben sehr groß war, und Tacitus hat uns in seiner Beschreibung von Germanien die Namen mehrerer von ihnen aufbewahrt. Unter ihnen wird besonders (c. 8.) eine gewisse Aurinia genannt, für welchen Namen man auch Varianten, wie Aliruna, Alioruna, Oelrün, Albruna [1]) vorgeschlagen hat. Jornandes (de reb. Getic. c. 24) weiß schon mehr von ihnen zu berichten, er sagt nämlich, der Gothenkönig Filimer habe unter seinem Volke Zauberinnen gefunden, die den Namen aliorumnae (oder alyrumnae, aliorumnae, aliuruncae) geführt hätten, er habe sie verjagt und da sie sich nun in die Wälder begeben, so hätten sie sich dort mit Waldteufeln (fauni sicarii) vermischt und hieraus seien die Hunnen entstanden. Aventinus (Annal. Boj. I. 7.), der immer an Fabeln sehr reich ist, beschreibt sie als Heren oder weise Frauen, welche mit bloßen Füßen und herabhängenden Haaren, in ein leinenes Hemd und in ein weißes mit Spangen befestigtes Obergewand gekleidet, einen ehernen Gürtel um den Leib, wie Kriegsfurien umhergelaufen seien und aus dem in kupfernen Schalen aufgefangenen Blute der Kriegsgefangenen, nachdem sie ihnen die Kehle abgeschnitten, die Zukunft vorausgesagt hätten. Leider ist dies aber mit Ausnahme des Namens ganz dasselbe, was schon Strabo (VII. 2.) von den Geschäften der Weissagepriesterinnen der Cimbern erzählt hatte. Daß man jedoch unter dem Namen Alrune eine weiße Frau anzunehmen habe, unterliegt keinem Zweifel [2]), und so hat denn noch Hans Sachs (IV. 3, 34.) die Alraun als eine am Scheideweg begegnende Göttin geschildert. So vermuthet Grimm (Deutsche Mythologie S. 384.) den Namen der altfranzösischen Fee Maglore aus Mandagloire, d. i. Mandragora, entstanden. Denselben Namen hat man nun aber der Wurzel gewisser Kräuter gegeben, besonders der sogenannten Alraunenwurzel (Atropa Mandragora Linn.), welche zuweilen einem Menschen mit seinen sämmtlichen Gliedern völlig ähnlich sieht. So erzählt man [3]), der Franciscus Imperatus und Fabius Columna hätten einst eine solche Mandragora gesehen, welche mit Ausnahme

---

1) Alirûna v. rûna, Geflüster, rûno, rûna, die Kundige (f. a. Bosworth, Anglo-Sax. Diction. p. 56ᵃ.) Kaltschmidt, Sprach. Wtbch. S. 82, leitet das Wort „Alrun" vom Schlesischen „ate" d. i. alt und „Rune" d. i. Runzel, altes Weib, ab.

2) S. Grimm, deutsche Myth. S. 376. 480. 1153. Schmeller, Baiersch. Wtbch. III. S. 95 ff. Grotefend, in Ersch und Gruber's Encyclopädie Bd. III. S. 231.

3) S. Happel, Relat. Cur. Bd. 1. S. 516.

46

des Kopfes ganz einem Menschen ähnlich gewesen, Leib, Füße, Bauch, Hintern, selbst die Arme, welche über sich standen und an den äußersten Enden mit Blumen geziert waren, gehabt, so daß diese Wurzel wie ein in einen Baum verwandelter Mensch aussah [1]). Die Entstehung der Wurzel ist aber folgende [2]). Wenn ein Mensch, der unschuldig ist, aber in der Tortur und Pein sich für einen Dieb bekennet (was denn oft geschieht), und also an dem Galgen sterben muß und in der Todesangst sein Wasser läßt, da wächst aus dem Urin ein Kraut mit breiten Blättern, wie Wegerich, hat in der Mitte eine gelbe Blume, wenn es vollkommen ist, und eine Wurzel wie ein Mensch gestaltet, die man folgendermaßen erlangen muß. Man muß an einem Freitag die Ohren mit Baumwolle ausfüllen und mit Wachs oder Pech verkleben, und dann früh vor Sonnenaufgang zu dem Kraute gehen, drei Kreuze darüber schreiben und es bis auf die äußerlichen Fasern umgraben. Hierauf muß man einen Strick an das Kraut und diesen wieder einem schwarzen Hunde an den Schwanz binden, dann eilend davon laufen und dem schwarzen Hunde ein Stück Brod zeigen: dann folgt der Hund, reißt die Wurzel aus der Erde und fällt für todt hin, denn die Wurzel schreit beim Losreißen so sehr, daß, wer es hört, sofort stirbt. Diese Wurzel nimmt man, wäscht sie mit rothem Wein sauber ab, windet sie in ein weißes und rothes seidnes Tuch, giebt ihr ein weißes Hemdlein jeden Neumond, badet sie alle Sonnabend und setzt sie in seinen Kasten=Schrank und spricht dabei sein Gebet, dann ist Jedermann sein Freund, man hat Geld in Ueberfluß und ist man unfruchtbar, bekommt man Kinder.

Nach andern Sagen entsteht diese Wurzel aus dem Urin eines Piß= oder Erbdiebes, d. h. eines solchen, dem, wie den Zigeunern oder einigen jüdischen Stämmen, oder durch Herkunft aus einem Diebsgeschlechte, oder weil dessen Mutter, als sie mit ihm schwanger ging, gestohlen oder doch großes Gelüste darnach getragen, das Stehlen angeboren ist. Der Nutzen dieses Männchens besteht aber außer dem bereits angeführten noch darin, daß man ein Stück Geld, welches man ihm Abends zulegt, früh doppelt wiederfindet; jedoch will man ihn lange gebrauchen und Nutzen von ihm ziehen, daß er nicht abstehe oder sterbe, so darf man ihn nicht überladen, man kann ihm also alle Nächte einen halben Thaler zulegen, nie aber mehr als einen Ducaten, und auch diesen nur selten. Stirbt nun aber der Besitzer eines solchen Galgenmännleins, so erbt es der jüngste Sohn, muß aber dem Vater ein Stück Brod und ein Stück Geld in den Sarg legen und mit begra-

---

1) Solche Abbild. s. bei Keyßler S. 607. Lambec. de bibl. Vindob. L. II. p. 566. 666. 669. Auch die Figur bei Mone, Gesch. d. Nord. Heidenth. Bd. II. Taf II. Nr. 7. scheint ein solcher Alraun zu sein.

2) Nach Jac. Döpler., Theatr. poen. T. II. p. 263. Mennling, Curios. S. 306. Paullini, Zeitv. Lust Bd. III. S. 522 ff.

ben laſſen, ſtirbt aber der Erbe vor dem Vater, ſo fällt er an den älteſten Sohn, allein dieſer muß ebenſo mit Brod und Geld begraben werden [1]).

Nun giebt es aber noch eine andere Art von Galgenmännlein, nämlich nach Einigen kleine ſchwarze Teufel mit Hörnchen auf dem Kopfe, die ganz ſo aus ſehen, wie man ſich gewöhnlich den Teufel denkt, und in Glasfläſchchen einge ſchloſſen werden. Beſitzt Jemand ein ſolches Weſen, ſo iſt alles Geld und alle Freude der Welt ſein, ſo lange er lebt, aber ſeine Seele iſt dem Teufel verfal len, wenn der Beſitzer ſtirbt, ohne vorher das Männchen in fremde Hände ge bracht zu haben. Dies kann aber nur durch Verkauf geſchehen, und zwar ſo, daß man immer etwas weniger dafür nimmt, als man ſelbſt gegeben hatte. Wer ihn aber kauft, in deſſen Taſche bleibt er, er mag das Fläſchlein hinlegen, wo hin er will, immer kehrt es von ſelbſt zu ihm zurück. Er bringt großes Glück, läßt verborgene Schätze ſehen, macht bei Freunden beliebt, bei Feinden gefürchtet, im Kriege feſt wie Stahl und Eiſen, ſo daß ſein Beſitzer immer den Sieg hat, auch behütet er vor Haft und Gefängniß. Wenn er in dem Glaſe ſteckt, ſieht er bald wie eine Spinne, bald wie ein Skorpion aus, bewegt ſich aber ohne Unterlaß. Im Kapuzinerkloſter zu Wien, wo die kaiſerliche Gruft iſt, zeigte man noch 1734 in einem geſchliffenen Cryſtall ohne Oeffnung einen ſcheinbar lebendigen Teufel, 1½ Finger lang, ſchwarz, mit einem menſchlichen Geſichte und langem Schwanze, der ſich fortwährend bewegte [2]). Man kann ſich übrigens aus jenem phyſikaliſchen Spielwerk, das unter dem Namen des Carteſianiſchen Teufelchens bekannt iſt, ein recht treffendes Bild von ihm entwerfen. Man erzählt nun von ihm viele Sagen. So hatte ihn ein Soldat für eine Krone gekauft, als er aber ſah, was er hatte, warf er ihn dem vorigen Beſitzer vor die Füße und lief davon, wie er aber nach Hauſe kam, fand er ihn wieder in der Taſche, und als er ihn in die Donau warf, geſchah ihm daſſelbe [3]). Eine ähnliche Sage wird von einem Kaufmanns ſohne aus Ulm, Namens Richard, aus dem Ende des 16. Jahrhunderts erzählt, der ein Galgenmännlein für neun Ducaten erkauft hatte, es mehrmals wieder los ward, aber immer durch Zufall oder Betrug es wieder für weniger in die Hände bekam, bis endlich ein dem Teufel bereits Verfallener, der nicht genug Geld von demſelben erhalten konnte, es dahin brachte, daß jener Richard dem Schenken von Limpurg bei einer Gelegenheit das Leben rettet und als Gunſt ſich die Prägung von würtembergiſchen Halbhellern erbat (er hatte nämlich das letzte Mal das Gal genmännlein ohne ſein Wiſſen für einen Heller wiedergekauft), worauf jener ſich dergleichen einhandelte und es nun für einen ſolchen Halbheller wieder verkaufte.

---

1) S. Grimm, deutſche Sagen Bb. I. Nr. 83. (Die franz. Ueberſ. als Veillées Allemandes. Paris 1838. T. I. p. 159 sq.)

2) S. Will, Lebensgeſch. M. J. Wolfg. Brenk's. Anspach 1791. S. 56.

3) S. Hormayr, Taſchenb. 1841. S. 294.

48

Man setzt die Vollziehung dieses Handels an den sogenannten Schwarzen Brunnen, der sich in einem Thale an der mittäglichen Spitze des großen Welzheimer Gebirgswaldes bei der Stadt Winnenden im würtembergischen Unterlande findet ¹). Eine ähnliche Geschichte wird von einer Bäckerfrau aus Franken erzählt ²). Diese hatte nämlich erfahren, daß ihre Mutter einen Alraun gehabt, daß aber ihre ältere Schwester denselben auf Geheiß derselben nach ihrem Tode ins Wasser geworfen hatte, aber siehe, da sie sich denselben so sehnlichst wünschte, fand sie ihn plötzlich in einem Döschen unter ihren Sachen. Sie behielt ihn und es ging ihr immer sehr gut, sie hatte Geld und Gut genug, allein plötzlich ward sie tödtlich krank, und als man sie nun ermahnte, den Geistlichen kommen zu lassen und die letzte Wegzehrung zu nehmen, that sie dies nicht nur nicht, sondern rief auch beständig nach ihrem Manne, und als dieser kam, sie ihm aber die Sache mit dem Alraun offenbaren wollte, schlug er sie auf den Mund, worauf sie sogleich in Ohnmacht fiel und starb, seit welcher Zeit aber das Haus von Jedermann, weil es darin umging, gemieden ward. Uebrigens werden noch verschiedene andere Sagen von diesen Alraunen erzählt; so soll z. B. die Jungfrau von Orleans einen Alraun gehabt haben, und eine gewisse Margarethe Ragum Bouchy, die Frau eines Maurers, ward 1603 zu Romorantin als Here hingerichtet, weil sie einen solchen Alraun bei sich hatte, der die Gestalt eines weiblichen Affen hatte, aber so häßlich war, daß ihn Niemand ansehen mochte, von ihr aber täglich Essen bekam ³), wie denn auch bei Hamburg 1630 drei Weiber mit Ruthen gepeitscht wurden, welche dergleichen Alraune zu verkaufen pflegten ⁴). Uebrigens geschah hiermit viel Betrügerei, denn Matthiolus in seinem Commentar zum Dioscorides (IV. 71. S. 536) sagt, daß Betrüger oft die Wurzeln ihnen hierzu passend scheinender Kräuter beschneiden und ihnen die Gestalt eines Mannes oder einer Frau geben, dann Gersten- oder Hirsekörner an diejenigen Orte stecken, wo die Haare sein sollen, hierauf die so gebildete Wurzel in feuchten Sand verscharren, wo alsdann die eingesteckten Körner innerhalb 20 Tagen hervorkommen, welche sie dann mit feinen Messern ganz dünn auseinander spalten und so zu schnitzeln wissen, daß man sie für wirkliche Haare hält. Gewöhnlich brauchen sie dazu die Wurzel des Hundskürbisses. Dasselbe erzählt weitläufiger Tabernämontanus (Kräuterbuch 1687. S. 979) ebenfalls. Müllerhof (Schlesw. Sagen S. 209) berichtet von einem solchen „Allerürken", der aber seine Kraft verlor, als ihn ein Fremder sah.

---

1) S. Binder, Alemannische Volkssagen. Stuttg. 1842. Bd. I. S. 51 ff. — Auch Fouqué (Mandragora. Eine Novelle. Berl. 1827. 8.) und Eyser, Abendl. 1001 Nacht. Bd. XIV. S. 41 ff. nach ihm erzählen diese Sage, nur daß der Held Jacob Bunge heißt und aus Hamburg stammt.
2) S. Happel, Rel. Cur. Bd. 1. S. 521. Harsdörffer S. 152.
3) S. Collin de Plancy, Dict. infernal p. 266. 90.
4) S. Harsdörffer, Mordgeschichten S. 150.

49

Der bekannte Dichter Rift [1]) erzählt, er selber habe einen solchen Alraun, der mehrere hundert Jahre alt scheine. Er sei fast einen Fuß lang und stelle ein Männchen dar mit einem scheußlichen Gesichte, tiefen hohlen Augen, einer großen Nase, bucklichen Stirn, auf dem Haupte habe er grobe lange Haare, die ihm bis auf die Schenkel herabhingen, der eine Arm liege ganz krumm am Leibe oder vielmehr in die Rippen eingebogen und gleichsam angewachsen, der andere stehe ein wenig von den Rippen ab, die Lenden, Schenkel und Füße seien in einer ganz unförmlichen Proportion. Er liege in einem hölzernen Sarge, der auswendig roth angestrichen sei; in dem Sarge sei eine kleine bunte Decke und Hauptpolster, worauf das Bild ruhe, auf den inwendigen Seiten des Sargdeckels sei ein schwarzes Kreuz gemalt, oben auf dem Deckel aber sei ein Galgen gezeichnet, an welchem ein Dieb hänge, unter dem etwas hervorwachse, welches wie die Alraunwurzel aussehe. Einen andern Alraun sah zu Leipzig der bekannte Prätorius [2]) bei einem Rothgießer auf der Müller'schen Hammermühle. Das Haupt war unausgebildet und länglich, hatte die Wahrzeichen der Augen und des Mundes, die zusammengewachsenen Haupthaare sahen getrockneter Wolle ähnlich. Von diesem Knorren des Hauptes erstreckte sich abwärts eine dichte und dicke Wurzel, welche den Stumpf des Leibes bildete und endlich in zwei herabhängende Schenkel getheilt ward. Gegen die Scham zu bekleidete eine Art Wolle den Körper, so daß ein Röckchen wie ein Netz denselben umgab, welches den aus Pflanzen abgesonderten Fäserleins sehr ähnlich und an den Hals so fest angewachsen war, daß man nicht bemerken konnte, ob es durch Kunst angemacht sei. Gesucht wurden denn diese Alraunen [3]) sehr, und weil angeblich ihr Ausraufen, wie wir oben sahen, mit Lebensgefahr verbunden war, sehr theuer bezahlt. So geht aus einem von Keysler [4]) mitgetheilten Briefe eines Leipziger Bürgers an seinen Bruder zu Riga 1675 hervor, daß dieser dem Scharfrichter 64 Reichsthaler für einen solchen Alraun zahlte.

---

1) Mertzgespräch von der alleredelsten Thorheit der Welt S. 208.

2) Neue Weltbeschreibung S. 568.

3) Auch Kaiser Rudolph II. hatte einen. S. Wolf, deutsche Sagen S. 453.

4) Antiquit. sel. septentrion. et celtic. p. 461. u. b. Scheible, Kloster Bd. VI. (G. A. Zeit Bd. I.) S. 180. Der Brief lautet: „Brüderliche Liebe und Treue und sonst alles Gutes bevor, lieber Bruder. Ich habe dein Schreiben überkommen, und zum Theils genug wohl daraus verstahn, wie daß du lieber Bruder bißher an deinem Huß und Hoffe groß Schaden genommen hast, daß Dir Deine Kinder, Kühwe, Schweine, Schaffe, Pferde Alles absterben, dein Wein und Bier versawren in deinem Keller, und deine Nahrung ganz und gar zurückgehet, und du ob dem allens mit deiner lieben Haußframen in großer Zwietracht lebest, welches mir von deinetwegen ein groß Hertzleyd ist zu hören. So habe ich mich nu von deinetwegen höchlich bemühet und bin zu den Leuten gangen, die solcher Dingk Verstand haben, hab Rath und That von deinetwegen bey ihnen suchen wöllen, und hab sie auch darnebens gefraget, woher du solches Unglück haben müssest. So haben sie mir geantwortet, du hättest solches Unglück nicht von Gott, sondern von bößen Leuthen, und dir kunte

50

Von einem andern Alraun erzählt der Verfasser der Secrets du petit Albert (Lyon 1718. A S. 169.): ein reicher Bauer habe das Geheimniß, einen solchen sich zu verfertigen, von einer Zigeunerin zum Geschenk erhalten, und seitdem er ihn besessen, immer Dinge von Werth gefunden. Er nahm eine Bryoniawurzel ¹), welche an sich schon der menschlichen Gestalt ähnelt, zog sie bei einer günstigen Constellation des Mondes mit dem Jupiter oder der Venus im Frühling an einem Montag aus der Erde, beschnitt sie nach Art der Gärtner, vergrub sie hierauf auf dem Kirchhofe mitten in das Grab eines todten Mannes und begoß sie vor Sonnenaufgang einen Monat lang mit Molken von Kuhmilch, in welchen man drei Fledermäuse ertränkt hatte. Nach dieser Zeit grub er sie aus und fand die Wurzel der menschlichen Gestalt mehr ähnlich, darauf ließ er einen Ofen mit Eisenkraut heizen, trocknete sie darin und verwahrte sie in einem Stück Leinwand, worein ein Todter gehüllt gewesen war; und so lange er diese Wurzel besaß, hatte er das Glück,

---

auch nit geholfen werden, du hättest dann ein Allruniken oder Ertmänneken und wenn du solches in deinem Hauß oder Hoffe hättest, so würde es sich mit dir wohl bald gantz anders schicken. So hab ich mich nu von Deinetwegen ferners bemühet, und bin zu den Leuten gangen die solches gehabt haben, als bey unserm Scharffrichter unnd ich habe ihme dafür geben, alß nemlich mit 64 Thaler und des Büttels seinem Knecht ein Engelskleidt (ein Stück Geld) zum Drinkgeld. An solches soll dir nu lieber Bruder auß Lieb und brüderlicher Trewe geschencket seyn. Und so soltu es nu lernen und damit halten wie ich dir schreibe in diesem Brieff. Wenn du den Erdmann in dein Hauß oder Hoffe überkommest, so laß es drey Tage ruhen, ehe du datzu gehest, nach dreyen Tagen hebe es uffe und bade es wohl in warmem Wasser. Mit dem Baade soltu alßdann besprengen dein Vieh undt die Söllen deines Huffes, da du und die deinigen übergehen, so wird es sich mit dir wohl verläßlich bald anderst schicken, undt du wirst wol wiederumb zu dem deinem kommen, wenn du daß Erdmänniken sein wirst zu rabe halten. Und du sollt es alle Jahr viermahl baaden, und so offte du es baadest, so soltu es wiederumb in sein Selden Kleidtlein legen und winden und legen es bey deinen besten Kleidern und Sachen die du hast so darffestu Ihme alßban nit mehr thun. Das Baadt darin du es badest ist auch sonderlich guth, wan eine Frawe in Kindesnöthen ist, und nit gebehren kann, daß sie ein Löffel voll davon trinket, so gebärt sie mit Frewden und Dankbarkeit. Und wan Du für Richt und Rath zu thun hast, so stecke den Erdman nur bey dir unter den rechten Arm so bekommstu eine gerechte Sache, sie sey recht oder unrecht. Nun lieber Bruder, dieses Erdmänniken schicke ich dir auß brüderlicher Lieb und Trew zu einem glückseligen Newen Jahr, und laße es nit von dir kommen, und es mag solches behalten dein Kindes Kindt; Sey hiemit Gott befohlen. Datum Leipzig Sonntags vor Faßnacht 75. Hanß N." — Merkwürdig sticht dagegen die Ansicht des berüchtigten Jesuiten Del Rio ab, der in seinen Disquisit. magic. L. IV. Qu. VI. Cap. II. S. IV. p. 496 erzählt, er sei im J. 1578, als er noch Richter gewesen, zur Aufnahme des Eigenthums eines gewissen Licentiaten gerufen worden, und habe daselbst auch eine Capsel mit einem Galgenmännlein gefunden. Dieser sei von schwarzer Farbe, mit Schimmel bedeckt und langem Haupthaare, aber bartlos gewesen, er habe den Körper auseinandergebrochen, die Aerme losgerissen und sodann furchtlos ins Feuer geworfen und keine weitern Folgen verspürt, als den Geruch einer verbrannten Wurzel. Auch in Paris glaubte man im 14.—15. Jahrh. nicht mehr daran, sondern verbrannte solche Alraunen als abergläubische Dinge. S. Du Cange T. IV. p. 224.

1) Aldrovand. de monstris f. 669 bildet einen solchen Alraun aus einer Bryonia ab. cf. f. 673.

entweder Etwas am Wege zu finden, oder im Spiel zu gewinnen, oder im Handel glücklich zu sein, und nahm so täglich an Wohlstand zu. Derselbe Schriftsteller sah in Metz eine Mandragora anderer Art im Besitz eines reichen Juden, ein Monstrum von der Größe einer Faust, bestehend aus einem Huhn mit einem Menschenkopfe, welches nur 5 Wochen gelebt, aber doch in dieser kurzen Zeit das Glück des Juden gemacht hatte, denn schon den siebenten Tag, nachdem es in seinen Besitz kam, träumte er, er gehe in ein altes Haus, wo er einen bedeutenden Schatz an Geld und Schmuck in der Erde vergraben fand. Er hatte es nach der Anweisung, die Avicenna in seinen Schriften giebt, also verfertigt. Er nahm ein großes Ei von einer schwarzen Henne, öffnete es und nahm eine Bohne groß Eiweiß heraus und that dafür menschlichen Samen hinein, leimte über die Oeffnung ein Stückchen feuchtes Pergament, ließ es am ersten Tage des Monats März bebrüten, während einer glücklichen Constellation des Mondes und Jupiters, worauf sodann zur rechten Zeit ein solches Monstrum aus dem Ei kroch, das in einer geheimen Kammer mit Spicksamenkörnern und Erdwürmern genährt und, als es todt war, in einem Glase mit Weingeist aufbewahrt ward [1]). So sagt die Sage auch, daß die Jungfrau von Orleans einen solchen Alraun gehabt habe [2]), allein in ihrem Processe darüber befragt, leugnete sie es und sagte, sie wisse nicht einmal, was das sei.

Wie sehr man übrigens im Mittelalter mit dieser Wurzel Täuschungen und Charlatanerie verübte, folgt aus Macchiavell's bekanntem Lustspiele La mandragola, das La Fontaine zu einer Erzählung verarbeitete (Contes et Nouv. III. 2.), worin er die thörigte Annahme, daß diese Wurzel, in einer Tisane genommen, im Stande sei, unfruchtbaren Frauen Kinder zu Wege zu bringen, lächerlich macht. Gewissermaßen zweifelte an dieser Tugend derselben schon der berühmte Petrus de Crescentiis in seinem Buche vom Landbau, denn ob er gleich behauptet, sie sei doppelgeschlechtig, männlich und weiblich, so sagt er doch, nur als kühlendes Mittel betrachtet könne die Mandragora die Unfruchtbarkeit dann heben, wenn diese die Folge von zu großer Hitze sei [3]). Uebrigens stammt die ganze Sage aus der Bibel her. Bekanntlich wird nämlich I. B. Mosis XXX. 14. erzählt, Ruben sei zur Zeit der Weizenernte aufs Feld gegangen und habe Dudaim [4]) auf

1) Die beiden Abbildungen auch bei Scheible a. a. O. S. 187 ff., andere bei Hauber Bibl. Mag. Bd. III. S. 356, und Vulpius Vorzeit Bd. III. Taf. 3.

2) S. Garinet, Hist. de la Magie en France p. 97.

3) S. Scheible a. a. O. S. 188.

4) דודאים s. H. Tragus, Hist. stirp. p. 891 sq. Sprengel, Gesch. d. Botanik. Bd. I. S. 245. Beithusen, Comment. z. hohen Liede. S. 502 ff. Carophyli Diss. Misc. P. I. Diss. III. in dem Giorn. de' Letter. d'Italia T. XXX. Deusing, Diss. de Dudaim p. 574. Liebetanz, Disp. de Dudaim. Viteb. 1660. 4. Reis, Mandragora an ad Venerem promovendam ducere possit. Alt. 4.

52

dem Felde gefunden und diese habe die unfruchtbare Rahel sich von der Lea geben lassen, um Kinder zu bekommen. Darunter hat nun die Uebersetzung der 70 Dollmetscher die μῆλα μανδραγόρου verstanden, oder die Mandragorasäpfel, welche von schmutziggelber Farbe größer, als der Kelch und ganz mit Samenkörnern gefüllt sind. Mit dieser Ansicht, diese Frucht zu Liebestränken zu gebrauchen, stimmt auch Josephus (de bello Iud. VII. 6, 3.) überein und die Rabbinen haben darüber Manches gefabelt und noch heute sollen die Frauen im Orient sich dieser Frucht zu diesem Zwecke bedienen [1]. Von den Juden und Christen erhielten die Araber und Perser vermuthlich diese Fabel, denn sie berichten von dieser, arabisch Tabruh und persisch Abrusamam oder Esterenk benannten Pflanze, theils was die Wirkung, theils was die Art ihrer Erzeugung anlangt, fast dasselbe, was wir oben bereits erwähnt haben [2]. Hierauf bezieht sich denn auch der Pater Myller in seiner Reisebeschreibung ins gelobte Land S. 214, wenn er sagt: „Es hat diese Wurzel, die ich in der Wüste des heiligen Johannes des Täufers fand und ziemlich viel davon mit mir nahm, vielerlei medicinische Tugenden, benimmt auch die Unfruchtbarkeit und liefert kräftige Liebestränke. Daher nennen es die Hebräer von der Liebe, was in griechischer und lateinischer Sprache soviel sagen will, als Circetum. Höchstens aber ist zu bewundern die Gestalt der Mandragorawurzel, weil sie gestaltet ist wie ein menschlicher Leib, wodurch die Moralisten die Menschwerdung Christi auslegen und symboliciren." Die alten Griechen wußten ebenfalls viel Fabelhaftes von dieser Wurzel zu erzählen, und so erwähnt sie schon Hippocrates Fistul. p. 890, Theophrastas Histor. plantar. VI. 2., Dioscorides IV. 76., und Plinius (H. N. XXV. 13, 94, 3.), der ein Langes und Breites über sie berichtet, schreibt ihr besonders eine einschläfernde, betäubende Kraft zu [3] und sagt dann, wer sie ausgrabe, müsse sich hüten den Wind gegen sich zu haben, und könne erst, nachdem er mit einem Degen drei Kreise gezogen, sie, nach Westen zu sehend, herausbekommen. Ziemlich dasselbe berichtet auch Columella (de re rust. X. 19.), der bereits von einem semihomo mandragoras spricht, und im Garten der Gesundheit (lat. Ausg. v. 1491. c. 276. 277., niederd. Uebers. v. 1492. c. 306. 307.) wird bereits ganz deutlich auf die Aehnlichkeit dieser Wurzel mit einer männlichen und weiblichen Gestalt hingewiesen, wenn auch nicht lange nachher schon der Florentiner Marcellus Vergilius in seinem Commentar zum Dioscorides (Flor. 1518. fol.) a. a. O. darüber weiblich spottet. Jedenfalls ist auch dieselbe Wurzel bei Josephus (de bello Iud. VII. 25.) ge-

---

1) S. Maundrell in Paulus Samml. I. S. 80, Michaelis Orient. Bibl. Bd. X. S. 74. 171.

2) S. J. de Vitriaco bei Bongars. Gesta Dei per Francos. T. I. p. 1099. Sprengel, Hist. rei herbar. I. p. 250. Herbelot, T. I. p. 72. (D. Ueb. S. 126.)

3) Daher das Sprichwort ὑπὸ μανδραγόρα καθεύδειν f. Hemsterhus. ad Lucian. Timon. c. 2.

53

meint, wo er sagt, es liege bei der Stadt Machärus in Judäa ein Ort Namens Bararas, wo eine Wurzel wachse, die denselben Namen führe. Ihr Kraut habe eine feuerrothe Farbe und leuchte des Nachts so, daß man sie von weitem sehen könne, komme man jedoch näher, so verliere sich der Schein. Diese Wurzel lasse sich aber nicht leicht ausgraben, sondern wenn man sie anrühren wolle, weiche sie zurück und verschwinde ganz und gar, schütte man aber den Urin eines Weibes zur Zeit ihrer monatlichen Reinigung darauf, so bleibe sie fest. Dabei erscheine nun aber ein furchtbares Gespenst und tödte den, der sie ausgraben wolle, wenn er nicht dieselbe Wurzel um den Arm gebunden trage, er müsse dann rund um die Wurzel herum die Erde wegscharren, einen Strick daran binden, diesen an einen Hund befestigen und so schnell davon laufen; wenn nun der Hund folgen wolle, ziehe er die Wurzel heraus, bleibe aber auf der Stelle todt, dann könne man aber die Wurzel nehmen und sie ohne Gefahr anrühren und gebrauchen. Die botanische Beschreibung unserer Wurzel ist nun aber folgende. Sie enthält 5 Staubfäden, einen Staubweg, eine glockenförmige Krone und eine kugelrunde Beere, welche mit zwei Fächern versehen und einer Mistel ähnlich ist. Diese Frucht ist gelblichgrün und fleischig und hat inwendig einige weiße Kerne, die ein nierenähnliches Aussehen haben. Die Wurzel dagegen, auf welche hier am meisten ankommt, ist weiß, dick, nach unten gespalten wie zwei übereinander geschlagene Menschenbeine und über und über mit dünnen Fäserchen, gleichsam wie mit Haaren bedeckt, welche ihr eben jenes menschenähnliche Ansehn geben. Die geheimen Tugenden, welche man aber diesen Figürchen zuschrieb, bestanden erstlich darin, daß sie Gesundheit, Wohlbefinden und Wohlstand befördern, zweitens daß sie selbst wahrsagen konnten, drittens daß sie festmachen gegen Hieb und Stich, viertens daß sie unfruchtbare Weiber fruchtbar machen und gebärenden eine leichte Geburt bereiten, und endlich daß sie Wetter machen konnten.

Es giebt aber der Sage nach auch noch andere solche Gegenstände, die Glück bringen. So soll einst ein Roßkamm aus Augsburg[1]), dem auf einmal acht Pferde gefallen, auf den Rath eines Andern in ein Haus gegangen sein, wo er einige alte Männer um eine Tafel sitzen sah, die ihm, als er ihnen sein Unglück und seine Bitte um Hilfe mitgetheilt, ein Schächtelchen übergaben, welches sie ihm je zu öffnen verboten, wenn er nicht den Reichthum, den er dadurch erlangen werde, wieder verlieren wollte. Nachdem er statt aller Bezahlung nur seinen Namen in ein großes Buch hatte einschreiben müssen, ging er nach Hause und fand sogleich einen Sack mit Ducaten, mit welchem er sich sogleich neue Pferde kaufte, und wo er fortan das Schächtelchen hinsetzte, da zeigte sich, wenn irgendwo

---

1) S. Hormayr's Taschenb. 1841. S. 294 ff., Grimm's deutsche Sagen Bd. I. Nr. 84. (Veillées Allemandes T. I. p. 161 sq.)

54

Geld verloren oder vergraben war, allemal ein helles Licht, daß er es also leicht finden konnte. Seine Frau aber, der das große Glück nicht recht geheuer vorkam, plagte ihn beständig, das Schächtelchen zurückzugeben. Endlich schickt er auch einen Knecht in die Stadt, um in jenem Hause die besagten Männer aufzusuchen und es ihnen wieder einzuhändigen; allein diese waren weg und Niemand wußte mehr etwas von ihnen. Also nahm seine Frau eines Nachts, während er schlief, das Schächtelchen aus dem Täschchen, worin er es in seinem Hosenbund verwahrte, öffnete es, und siehe, es flog eine schwarze Fliege heraus, welche durchs Fenster verschwand. Aber sofort verschwand all sein Reichthum, sein Haus brannte mehrmals ab, und als er vor Schulden sich nicht mehr zu retten wußte, ermordete er erst seine Frau mit einem Messer, dann aber jagte er sich selbst eine Kugel durch den Kopf.

Eine ähnliche Begebenheit mit einer Zauberfliege, nur mit dem Unterschiede, daß hier der Berichterstatter selbst den Betrug angiebt, berichtet der Verfasser des obengenannten Petit-Albert p. 101. Er erzählt nämlich, er sei einst auf einer Reise durch Flandern von einem Freunde zu Lille veranlaßt worden, eine berüchtigte Zauberin zu besuchen. Diese führte ihn in ein dunkles Zimmer, wo man beim Schein einer Lampe auf einem mit einem Tischtuche bedeckten Tische eine kleine Figur sah, die die linke Hand ausgestreckt und in derselben einen seidnen Faden hielt, von welchem eine hellpolirte eiserne Fliege herabhing, die sich unmittelbar über einem daruntergestellten Glase befand. Wenn man nun wissen wollte, ob irgend Etwas gut von Statten gehen werde, so schlug die Fliege dreimal als bejahende Antwort an das Glas. Dies ging aber ganz natürlich zu, denn die Betrügerin steckte, wenn sie wollte, daß die Fliege an das Glas anschlagen sollte, einen Ring an den Finger, in welchem ein ziemlich großer Magnet angebracht war, und dieser zog nun natürlich die eiserne Fliege an.

Eine der oben vom Galgenmännlein, das nicht weichen wollte, erzählten ähnliche Geschichte [1]) berichtet die Sage von einem armen Fischer zu Troppau in Schlesien aus den Jahren 1523—28. Als nämlich daselbst 1524 eine Hungersnoth wüthete, und der Fischer weder für sich noch seine Familie Brod hatte, rief er eines Nachts den Teufel zu Hilfe. Dieser erschien auch, gab ihm einen Beutel mit Geld und befahl ihm, nach Sachsen zu gehen, dort das zu thun, was ihm die Leute sagen würden, und was er erhalten werde, nach Hause zurückzubringen, aber wohl vor dem Wasser zu hüten, denn wenn er es zerstöre, ja wenn es nur naß werde, sei seine Seele für immer dem Teufel zu eigen. Er kam nun auch auf seiner sogleich angetretenen Wanderung nach Wittenberg, wo eben auf Luther's Veranlassung die Heiligenbilder aus den Kirchen genommen und zerschlagen wurden. Darunter war auch eine heilige Juliane, die den Teufel an einer Kette hielt,

---

65

55

den man eben so wie die übrigen in kleine Stückchen spaltete. Da sagte einer
der Umstehenden: da mag nun ein Papist kommen und den armen Teufel holen,
auf daß er ihn wieder zusammenleime. Dies hielt der Fischer für höhern Befehl,
suchte die Stückchen zusammen, kehrte nach Hause zurück, fand seine Familie ge-
sund und wohl und leimte nun in der folgenden Nacht den Teufel zusammen,
wobei dieser selbst erschien und ihm verhieß, so oft er das Bildniß küssen werde,
solle er jede gewünschte Summe in seiner Tasche finden, werde es aber naß oder
gehe auch nur ein Glied verloren, so verfalle ihm seine Seele. Er schloß nun
die Figur in eine Kiste und entdeckte erst nach vielem Zureden seiner Frau den
Hergang, die ihm zwar die größten Vorwürfe machte und ihn veranlaßte, die Figur
wegzuschließen, allein sie kehrte immer an seine Seite zurück, und endlich nöthigte
ihn auch seine Armuth, denn fischen konnte er nicht mehr gehen, weil er sonst
die Figur hätte naßmachen können, den Teufel zu küssen, um Geld zu erhalten.
Der dadurch herbeigeführte Wohlstand des Mannes erregte Verdacht, und als
mittlerweile dem Herzog Casimir von Teschen ein goldner Becher weggekommen
war, zog man ihn als Thäter ein und die Folter erzwang das Geständniß des
nicht Begangenen. Er beichtete nun seine Noth einem Jägerndorfer Minoriten,
besonders weil er, da Regen eingetreten war, selbst auf dem Wege zum Schaffot,
das ihm zuerkannt worden war, durchnäßt zu werden fürchtete. Dieser hinter-
brachte die Sache dem Herzog, der ihn nun nochmals mit Fackeln nach böhmischer
Art foltern ließ. Diese brannten ihn zwar, allein auch das an seiner Seite wie
angeleimt haftende Bild verbrannte mit, und kaum war dies geschehen, als sich
auch der Becher wiederfand. Der Fischer lebte noch lange, ohne das Teufelsbild
wieder zu sehen, und in der Johannespfarrkirche zeigte man noch lange einen
Grabstein, worauf ein Mann abgebildet war, der in der einen Hand einen Fisch,
in der andern eine Fackel hielt.

Aehnlich ist die Entstehung des Brut- oder Heckpfennigs. Man geht nämlich
am Weihnachtsabend, wenn es zu dunkeln anfängt, auf einen Scheideweg unter
freien Himmel und legt mitten dahin dreißig Pfennige oder Thaler oder Groschen,
je nachdem man will, in einen runden Ring der Reihe nach neben einander hin
und zählt dann die Stücke vor- und rückwärts, und zwar muß das gerade bei
der Zeit des Messeläutens geschehen. Während des Zählens sendet nun der Teufel
eine Menge schrecklicher Gesichte, um den Zählenden irre zu machen, weil, wenn
dieser im Geringsten sich irrt, wankt und stolpert, ihm sofort der Hals umgedreht
wird, wogegen, wenn er richtig zählt, der Teufel zu den 30 Münzen noch eine
als die 31ste in gleicher Münzsorte hinwirft, welche dann jede Nacht eine gleiche
Münze ausbrütet. Nun hatte einst eine Bauerfrau zu Salzburghofen [1]) einen

---

1) So erzählt Hormayr Taschenb. 1841. S. 297 ff., nach Luther (Colloq. T. II. p. 143.) geschah die Sache aber bei Pantschdorf bei Wittenberg s. Happel, Rel. Cur. Bd. I. S. 522 ff.

folchen Heckpfennig, und als sie einmal nothwendig ausgehen mußte, befahl sie der Magd, die Milch der gemelkten Kuh, ehe sie die andern melke, zu sieden, auf weißes Brod in eine Schüssel zu gießen und in eine Kiste zu gießen, welche sie ihr zeigte. Diese vergaß es aber oder dachte auch, es sei gleichgültig, ob sie die Milch vor oder nach dem Melken der andern Kühe hinsetze, molk diese also erst, und als sie nun die siedende Milch vom Feuer genommen hatte und mit der einen Hand den damit angefüllten Topf hielt, mit der andern den Deckel der Kiste öffnete, sah sie darin ein pechschwarzes Kalb mit aufgesperrtem Rachen sitzen. Diesem goß sie vor Schreck die siedende Milch in den Hals, worauf es entsloh und das Haus in Brand steckte. Die Frau ward eingezogen und gestand Alles, die Bauern aber nahmen den Heckpfennig und hoben ihn in der Dorfkasse auf.

Zur Literatur der Alraunen s. Simplicissimi Galgenmännlein oder ausführlicher Bericht von den Alrungen oder Geldmännlein. 1684. 8. u. d. s. Schriften Bd. III. S. 809—846. — J. Thomasius, De mandragora. Lips. 1655. 4. — Deusing, De mandragorae pomis. Groning. 1659. 4. — Grosgebaur, De mandragora S. Rachelis. Vinar. 1692. 4. — Ant. Bertoloni, Comm. de mandragoris. Bonon. 1535. fol. — Ol. Rudbeck, Dudaim Rubenis, quos neutiquam mandragorae fructus fuisse aut flores amabiles, sed fraga vel mora rubi Idaei spinosi. Upsal. 1733. 4. — Fr. Frommschmidt, Bericht, woher man sogenannte Alraunigen oder Goldmännlein bekomme. o. O. 1768. 12. — Geister-Kunst oder Tractätlein, einen Spiritus familiaris oder das sogenannte Glücks- oder Hecke-Männlein zu allen Dien-sten zu bekommen, ins Deutsche übersetzt von Hyppolito Herpentyli, Dr. Scient., geschrieben und gedruckt zu Venedig. 1510. 4. — Beschreybung der Alraun-Wurzel vnd des Fahren-Krautes. Cosmopoli 1703. 4. — Schmidel, Diss. de mandragora. Lips. 1655. 4. — G. Chr. Roth, De imagunculis Germanorum magicis, quos Allrunas vocant, comm. hist. antiq. Helmst. 1737. 4. — J. S. Schmid, Comm. epist. de alrunis Germanorum. Hal. Magd. 1739. 4. — Hauber, Bibl. Mag. St. 30. S. 356 ff. — Horst, Zauberbibl. Bd. V. S. 321 ff. VI. S. 277 ff. — Vulpius, Vorzeit. Bd. III. S. 46 ff. IV. S. 66 ff. — De Porta, Amphith. mag. univ. Nürnb. 1714. S. 877 ff. — Prätorius, Weltbeschreibung S. 358 ff. — Tharsander, Schaupl. unger. Meinungen. Bd. I. S. 560 ff. s. a. Du Cange Gl. ed. Hentschel. T. IV. p. 204. 214. VII. p. 224. Halliwell Dict. on arch. words. II. p. 539 sq. Mennling, Curiositäten S. 244. 306 ff.

Drittes Capitel.

Der Basilisk.

Plinius in seiner Naturgeschichte (VIII. 21, 33.) giebt uns folgende Beschreibung dieses Thieres: Der Basilisk findet sich in der Provinz Cyrene (Nubien?) und erreicht eine Länge von nicht mehr als 12 Zoll, hat auf dem Kopfe einen weißen Fleck, wie wenn er ein Diadem trüge (b. Münster a. a. O.: hat er eine Krone auf dem Kopfe, davon wohl der Name βασιλισκος, kleiner König). Wenn er sein Pfeifen ertönen läßt, fliehen alle andern Schlangen: auch schlängelt und windet er seinen Körper nicht, wie die übrigen Reptilien, sondern in der Mitte seines Körpers erhebt er sich und schreitet so gerade einher. Alle Kräuter und Sträucher, die er berührt oder auch nur anhaucht, tödtet und verdörrt er, sein Gift ist so stark, daß, als er einst von einem Reiter vom Pferde herab mit der Lanze durchbohrt ward, dasselbe sich durch den Schaft derselben dem Reiter und Pferde mittheilte und beide tödtete. Nur ein Thier, der Wiesel mit seinem Gifte, ist ihm verderblich, man wirft sie daher in die Höhlen desselben und dort tödten sie ihn zugleich vermittelst ihres Geruchs. Mit dieser Beschreibung stimmen nun auch Solinus (c. 27.), Nicander (Theriaca p. 28.), Aelianus (Hist. Anim. L. II. c. 5 et 7.), Apulejus (de herb. c. 128.) und Lucan (IX. v. 720 sq.) überein, nur daß Aelianus (III. 31.) noch weiter berichtet, daß der Basilisk Furcht vor den Hähnen habe, zittere, wenn er sie sehe und beim Krähen derselben sterbe, weshalb auch alle Reisende, die Libyen durchwanderten, dergleichen Vögel zu ihrem Schutze mit sich zu führen pflegten [1]). Die naturgeschichtlichen Schriftsteller des Mittelalters stimmen in ihren Berichten ziemlich überein, so Barthol. de Glanvilla de propriet. anim. L. VI. und Albertus M. de anim. L. XXIV. c. 1., der Verfasser der Proprietez des Bestes (b. Berger de Xivrey, Traditions Tératologiques. Paris 1836. p. 540 sq.), Brunetto Latini (Tesoro L. V. c. 3.), Münster in der Cosmographie F. MCCCCXLIIII. (wo eine Abbildung) u. A., allein später hat man noch ganz andere Fabeln hinzu gethan. Man behauptet nämlich, wenn ein Hahn 7 oder 9 Jahre alt sei, lege er ein Ei in den Mist [2]), dieses werde von Kröten ausgebrütet und daraus werde ein Basilisk [3]),

---

1) Die Stellen sind gesammelt bei **Bochart Hierozolc.** T. II. L. III. 10. p. 402. u. b. **Bonifacii Hist. ludicra** XIII. 17 et 18.

2) **Johanneau** in b. Mém. de l'ac. Celtique T. IV. p. 93. hält daher das Schlangenei für ein Hahnei (oeuf codrille). Seine Farbe ist weiß mit einem gelben Punkte, es enthält eine Schlange, die, wenn sie ausgebrütet ist, sich in einer Mauerspalte verbirgt, wer sie sieht, stirbt, wird man aber von ihr eher gesehen, so trifft der Tod sie. Ein solches Ei war 1796 auf dem Kirchhofe zu Arbon, und Jeder, der zur Kirche ging, starb, daher verbrannte man alle Gebeine auf dem Kirchhof, um sich von diesem Unglück zu befreien. (S. **Bosquet, La Normandie fabuleuse.** Paris 1845. p. 207 sq. **Eckermann, Relig. Gesch.** Bd. III. S. 72 ff.)

3) S. **Kirchmaier, Diss. de Basilisci existentia et essentia.** Viteb. 1659. 1669. 4. 1675. 4. Jen. 1736. 4. **Arend, Diss. de Basilisco.** Helmst. 1761. 8. J. **Madewisius, de basilisco ex ovo galli decrepiti oriundo.** Jen. 1671. 4. L. **Strauss, de ovo galli.** Giess. 1669. 4. Eb. **Goeckel,** der eierlegende Hahn sammt seinem Basiliskenei. Ulm 1697. 4. **Franz. hist. animal.** p. 805. **Bartholin. Galli ovipari anatome.** Amstel. 1654. 12. **Gerber** in b. **Miscell. Nat.**

8

Andere [1]) aber sagen, er entstehe aus der Vermischung eines Hahns und einer Kröte. Man hat nun früher in Kunst- und Raritätenkabinetten dergleichen angebliche Basilisken gezeigt, wie denn in Wien ein solcher vom Jahre 1212 durch Lambeck beschrieben und abgebildet worden ist [2]), ja sogar dem berühmten Abt Gerbert zeigte man im Kloster Einsiedeln noch ein solches angeblich aus einem Hahnei ausgekrochenes Wunderthier [3]) und es fehlt nicht an Abbildungen ähnlicher Geschöpfe aus andern Gegenden [4]). Was man eigentlich davon zu halten habe, ist jedoch bis jetzt noch nicht ausgemacht, denn wenn auch Le Vaillant's [5]) Ansicht, daß die Fabel von diesem Thiere durch die Sage von der die Sinne bezaubernden Schlange entstanden sei, welche durch ihr bloßes starres Ansehn Menschen und Thiere herbeiziehe, um sie zu tödten, wie man dies noch heute von der Klapperschlange in Bezug auf Vögel erzählt, Vieles für sich hat, so behaupten doch wieder Andere, die Fabel sei aus einer Verwechselung mit der lacerta basiliscus Linn. hervorgegangen, noch Andere meinen endlich, das ganze Geschlecht dieses Thieres sei, wie dies allerdings von vielen andern notorisch gewiß ist, untergegangen. Uebrigens erzählt man den Ursprung des Basilisken auch noch anders, nämlich der Ibis, welcher die Schlangen an den Grenzen Aegyptens tödte und mit ihnen kämpfe und das Aas, welches die Luft dieses Landes verpeste, aufzehre, lege dann, um sich des eingefressenen Kothes zu entledigen, ein Ei, und daraus komme hierauf der Basilisk hervor [6]); da nun bei den Arabern unter den Sternen der Schwan bald Ibis bald Hahn genannt wird, so hat man angenommen, die ganze Sage sei dem Orient entnommen und nur aus dem Ibis ein Hahn gemacht worden [7]). Indessen kommt dieses Thier historisch nachgewiesen selbst im Alterthum nicht vor, nur in der fabelhaften Geschichte der Thaten Alexanders des Großen [8]) wird erzählt, ein solches Ungeheuer

---

Cur. Dec. III. A. V. Obs. 138. Schulze, De gallo gallinaceo ova ponente in b. Comment. Litt. Nov. 1743. p. 49. Franciści, Lustige Schaubühne. Bd. I. S. 465. Tharsander, Schauplatz sonderb. Meinung. Bd. II. S. 86. Pincerii Aenigmata L. III. nr. 23. Zeiler Epist. 609. Lemnius, de occ. natur. mirac. IV. c. 12. p. 201. Vogt, Physik. Zeitvertr. S. 794. Cent. 3. c. 78. Voët. Disput. theol. I. p. 732. f. Müllenhoff S. 237. Thiele, Danske Folkesagn II. S. 300.

1) Boguet, Discours des sorciers c. 14.

2) Comment. de bibl. Vindobon. T. VI. p. 309. T. VII. p. 200.

3) Reise durch Alemannien S. 64.

4) S. Texel, Phoenix. Amst. 1706. p. 308. Breslauer Sammlungen Bd. XVIII. S. 383.

5) Zweite Reise nach Afrika Bd. I. S. 90.

6) S. die bei Savigny, Hist. naturelle et mythologique de l'Ibis p. 121 sq. angeführten Stellen.

7) S. Berlin. Monatschr. 1807. Mai.

8) Historia Alexandri M. de proeliis f. e, 5 a. cf. Vinc. Bellov. Spec. hist. L. IV. c. 1. Gesta Roman. c. 139. Daher die Sage vom Basiliskenblick. Beispiele, wo diese Fabel zu Devisenspielereien dient, b. von der Ketten, Apelles symbolicus (Amst. 1699. 8.) I. p. 748 ff.

habe sich einst demselben in Indien entgegengestellt und alle Menschen, die es angesehen, durch seinen bloßen Blick getödtet, worauf Alexander einen Schild, 7 Ellen lang und breit, habe anfertigen lassen, auf dem ein Spiegel angebracht gewesen sei, weil der Basilisk, sobald er sich selbst erblicke, sogleich sterben müsse, und dies sei auch in Erfüllung gegangen. Gleichwohl ist aber aus der neuern Zeit ein Brief des Landgrafen Wilhelm IV. von Hessen, eines sonst sehr aufge= klärten Mannes vorhanden, in welchem die Möglichkeit eines Hahneneies bestimmt zugestanden wird. Er lautet aber also [1]):

Landgravius Wilhelmus ad Victorinum Strigelium.

Den 19. September 1578.

„Hochgelahrter lieber Getreuer. Wir haben bis daher vor ein Fabelwerk ge= halten, was man von einem Basilisco sagt, daß nemlich derselbe aus einem vom Hänen gelegten Ei geboren werden solle. Nun mögen Wir Euch gnädig nicht verhalten, daß nur gestern unser Hauptmann Simon uns unterthäniglich berichtet, welchergestalt Ime ein Han geschenkt worden, von großer Art, aber gar alt, also daß er auch nicht mehr auf ein Reck fliegen können, sey der Gärtner daselbst, welcher den Hanen zur Aufsicht und Verwahrung gehabt, zu Ime kommen und gesagt, daß derselbige alte Han den ganzen Morgen bis sechs Stunden lang, aufen Nest gesessen und wie Hun, das da legen wolle, gegaaket habe. Endlich sey er vom Nest gelaufen, hat der Gärtner das vom Ime gelegte Ey genommen und unserm Hauptmann noch etwas warrmlechtig gebracht, sey dasselbige gar kugel= rund und so gros, wie ein Huney seye, weit röthlicher, doch gar glatt, als wans poliret. Darauf wer er unser Hauptmann zugefahren und hatte das Ey vertrennet, den Hanen aber in zwei Stücken von einander reisen und beiden an der Brücke liegenden Wachthunden vorwerfen lassen, hätte der eine nichts vom Hanen, der andere aber sein vorgeworfen Theil gessen, wär aber darauf von stund an umbgefallen und gestorben. Wandt wir denn unsern Hauptmann der aufrichtigkeit wissen, das er uns in dem allen die warheit berichtet, so begeren Wir gnediglich, Ihr wollet Uns Euer judicium hinwieder eröffnen, ob wol aus solchem Ey, da es ganz blieben oder auskommen wäre, Eures erachtens ein Basiliscus hätte werden dürfen oder nicht. Uns verdreußt sehr übel, daß er den Hanen sobald hat umbringen lassen, denn wir vermutet, ein lapidem alectorium [2])

---

1) S. Curiositäten Bd. VII. 5. S. 450 ff. u. b. Hormayr Taschenb. 1849. S. 139 ff.

2) Die Alten schrieben diesem Steine die Eigenschaft zu, Jemandem, der ihn besitze, Kraft und Muth zu verleihen, und führten als Beweis den Milo von Croton an (s. Plin. H. Nat. XXXVII. 10. Marbod. de lap. v. 74. Albert M. de zirt. lap. p. 136). Angeblich findet er sich im Magen des Hahnes.

davon zu bekommen. Wollen wir euch also gnediglich nicht verhalten und sind Euch mit gnaden geneigt. datum 19. Septembr. a. 78.

Wilh. Land. Hass."

Uebrigens legte ein gewöhnliches Huhn im Jahr 1715 zu Jena ein Ei, das gerade wie eine Eidechse aussah und beschrieben und abgebildet ward in der Zweiten der Leipzig. Wöchentl. Postzeitung von Gel. Neuigkeiten v. J. 1715 S. 5. Daß übrigens die krankhaften Produkte einer bei den Hühnern gewöhnlichen Krankheit kleinen Eiern nicht ganz unähnlich sind, theilweise wohl auch Schlangeneier für dergleichen Hahneier angesehen wurden, unterliegt keinem Zweifel. Nichtsdestoweniger wird aber in einer Chronik von Basel berichtet, daß im Monat August 1474 daselbst ein Hahn, der ein Ei gelegt haben sollte, dieses Verbrechens überführt und zum Tode verurtheilt ward, worauf ihn sein Besitzer, ein Baseler Bürger, öffentlich in Gegenwart einer Menge Personen auf dem Kahlenberge sammt seinem Ei verbrannte [1]). Uebrigens nahm man an, daß der zu Äsche gewordene Körper des todten Basilisken nicht blos unheilbare Körperschäden heile, sondern auch die Transmutation der Metalle der Goldmacherkunst bewerkstellige. Nach Theophil. de div. artib. III. 48. machte man aus Kupfer, pulverisirtem Basilisken, Menschenblut und Essig das aurum Hispanicum [2]).

Viertes Capitel.

Das Einhorn.

Bereits in der Bibel ist von einem Thiere Reem die Rede, welches man gewöhnlich für das Einhorn gehalten hat, so heißt es z. B. Hiob 39, 9: „Meinst Du, das Einhorn werde Dir dienen und bleiben an einer Krippe? Kannst Du ihm ein Joch anlegen, Furchen zu ziehen, mit ihm zu ackern?" und Psalm 22, 2: „Errette mich von den Einhörnern" [3]). Natürlich ist aber dort keine bestimmte Beschreibung gegeben. Diese verdanken wir zuerst dem Ctesias (Indica c. 25),

---

1) S. Gross, Dictionn. d'anecdotes suisses p. 114.

2) S. Hendrie Not. p. 432 sq. Darnach erkl. ich die Stelle b. Du Cange I. p. 612. s. v.

3) Andere Stellen sind IV. Mos. 23, 22. 24, 8. V. Mos. 33, 17. Jesaias 34, 7. Psalm 29, 6. 78, 69. cf. Walther in Eichhorn's Repert. Bd. XVI. S. 101 ff. Böttiger, Amalthea Bd. III. S. 189 ff. Rosenmüller, Morgenland Bd. II. S. 270 ff. Winer, Bibl. Real-Wtbch. Bd. I. S. 309 ff. — Schmidt, Bibl. f. Ereg. u. Krit. Bd. III. S. 208 ff. giebt aus einem chinesischen Werke eine Abbildung davon. Bei Gesner, De quadruped. I. p. 22 sq. stehen lauter Fabeln.

Dieser nennt so den wilden Esel ($\ddot{o}\nu o\varsigma$ $\ddot{a}\gamma\varrho\iota o\varsigma$). Er sagt, dieser habe einen pur=
purrothen Kopf, sei sonst am ganzen Körper weiß, habe dunkelblaue Augen und
auf der Stirn ein 1½ Elle langes Horn, das unten weiß, oben purpurfarben und
in der Mitte schwarz sei. Diese bunten Hörner ließen sich nun die Inder in
Gold fassen und bedienten sich ihrer als Trinkgefäße, weil, wer aus einem solchen
Horne trinke, von Krämpfen, fallender Sucht und andern Krankheiten frei bleibe,
ja wenn er Gift bekommen habe, breche er es aus und werde geheilt. Sie seien
so schnell, daß weder Pferde noch Hirsche mit ihnen zu vergleichen sind und sie
überhaupt Niemand einholen kann. Wenn das Weibchen geworfen hat, bewacht
es mit dem Männchen zusammen die Jungen, wenn man sie aber jagt, was nur
in den großen Einöden Indiens, wo sie leben, geschieht, dann lassen sie dieselben
zurück und gehen ihren Feinden entgegen, und stoßen mit dem Horn, welchem
Nichts widersteht, sondern Alles wird sofort durchbohrt. Auch schlagen sie aus und
beißen sehr stark, weshalb sie sehr schwer zu fangen sind. Ihr Fleisch hat einen
ganz bittern Geschmack und ist ungenießbar. Abgebildet findet man dieses Thier
häufig auf den Ruinen von Persepolis, was man mit der Nachricht des Ctesias
in Verbindung bringen kann. Mit diesen Nachrichten stimmt auch Aristoteles [1]
sowie Plinius (Hist. N. VIII. c. 21, 31. cf. XI. c. 106, 45.) überein,
Aelian aber (Hist. anim. IV. 52. cf. III. 41.) und Manuel Phile (c. 41.) in
seinem Gedichte, obgleich auch er blos eine Art Esel darunter versteht, schmücken
die Erzählung weiter aus und Oppian [2] giebt ihm sogar drei Hörner. Cäsar
in seiner Beschreibung des Hercynischen Waldes [3] sagt, es finde sich dort ein
Ochse von der Gestalt eines Hirsches, der mitten auf der Stirne zwischen den
Ohren ein aufrecht stehendes, gerades Horn habe, von dessen Spitze wie bei einer
Palme Aeste in die Breite zu ausgingen: Männchen und Weibchen aber seien einander
völlig gleich. Daß diese Notiz aber offenbar das Rennthier oder richtiger das
Elck oder Elenthier bezeichnet, unterliegt keinem Zweifel. Der Indienfahrer
Kosmas [4] sah das Einhorn nicht lebend, sondern nur in ehernen Bildern im
Palast des äthiopischen Königs, doch erfuhr er, es sei sehr wild, kämpfe mit sei=
nem Horne und sei gegen andere Thiere stets Sieger, wenn es aber von einer
allzugroßen Schaar, gegen die es sich nicht vertheidigen zu können hoffen dürfe,
angegriffen werde, so stürze es sich in einen Abgrund, und zwar so, daß das Horn zuerst
den Boden berühre, dieses zerbreche nun zwar, das Thier selbst aber werde gerettet.
Strabo (XV. p. 702.) schildert das Thier wiederum als Pferd mit einem Horne, wie es

---

1) De animal. hist. L. II. c. 1. u. De part. anim. L. III. c. 2. Ganz kurz Herod. IV. 191.

2) Cyneget. L. II. v. 450 sq.

3) Bellum Gall. VI. 26.

4) Bei Bartholin. de unicornu p. 211. als Anonymus citirt. Die Stelle in d. Ausg. v.
Montfaucon T. II. p. 334 sq.

in Perſepolis abgebildet war [1]). Auch noch zur Zeit des Alexander Severus bewohnte dieſes Thier, oder wenn man es wilden Eſel nennen will, einige vom Fluſſe Hyphaſis gebildete Sümpfe und trug ein Horn an der Stirne, womit es ſich nach Art der Stiere zu vertheidigen pflegte. Dieſe Nachricht könnte nun aber auf einer Verwechſelung mit jenen Ochſen beruhen, von denen Plinius (VIII. 21. XI. 37.) und Solinus (c. 65.) berichten, daß deren in Indien mit einem Horn und ungeſpaltenen Hufen gefunden werden. Von ſolchen erzählt auch Aelian (Hist. An. V. 27.), daß ſich nämlich bei den Neuren, einem Indiſchen Volke, dergleichen fänden, welche die Hörner auf dem Bug oder den Schultern trügen, und Ariſtoteles giebt ihnen gar (Hist. Anim. III. 9.) bewegliche Hörner, welche ſie wie die Ohren niederlaſſen und aufrichten können, welches von den Erythräiſchen Ochſen Solinus (a. a. O.) und von den Aethiopiſchen Aelianus (II. 20. XVII. 45.) berichten. Endlich beſchreibt Philoſtorgius in der Kirchengeſchichte (III. 11. oder bei Nicephor. IX. 19.) ein Bild deſſelben, das zu ſeiner Zeit in Conſtantinopel war. Dort hatte es einen Schlangenkopf mit aufwärts gebogenem Horne, am Kinn einen dicken Bart, der Hals bog ſich wie bei einer Schlange, der übrige Körper glich einem Hirſche, die Füße aber denen der Löwen.

Unter den mittelalterlichen Schriftſtellern gehört hierher zuerſt der Arabiſche Reiſende Abu Seid aus dem 13. Jahrhundert [2]). Dieſer erzählt, daß ſich im Königreiche Rohmy (Viſapur?) ein Thier finde, boschan oder kerkedenn genannt, welches mitten auf der Stirn ein Horn trage, und in dieſem Horne befinde ſich eine menſchenähnliche Figur, das Horn ſei durchaus ſchwarz, jene aber in ſeiner Mitte befindliche Geſtalt weiß. Es ſei kleiner als ein Elephant und ſeine Farbe ſchwärzlich, gleiche dem Büffel und ſei ſehr ſtark, ſo daß kein anderes Thier ihm darin gleichkomme. Es habe weder an den Füßen noch an den Knieen Gelenke, der Elephant fliehe es, und es käue wieder gleich dem Ochſen und Kameele, das Fleiſch aber ſei eßbar und er habe es ſelbſt gekoſtet. Es finde ſich ſehr zahlreich in den Wäldern dieſes Landes, aber auch in andern Theilen Indiens, doch ſei das Horn dort ſchöner und enthalte bald die Geſtalt eines Menſchen, bald eines Pfauen oder Fiſches u. ſ. w. und die Chineſen machten aus dieſem Horne Gürtel, deren Preis ſich je nach der Schönheit der darin vorkommenden Figur bis auf 2 — 3000 Denare erſtrecke. Daſſelbe berichtet auch Maſudi (Moroudj T. I. fol. 75 b.), der es aber noschan oder nuschan nennt, Al Biruni [3]), wo es den Sanskritnamen

1) S. Heeren, Ideen Bd. I. 1. S. 207 ff. u. Tychſen Bd. II. S. 389. Rhode, Ueb. Alter u. Werth ein. morgenl. Urkunden S. 86. 89.

2) Relation des Voyages faits par les Arabes et les Persans dans l'Inde et à la Chine dans le IXe siècle de l'ère chrétienne. Paris 1845. 16. T. I. p. 28 sq.

3) S. Journ. Asiat. 1844. Sptbr. p. 251 sq.

Gauda führt, und El Demiri in der Thiergeschichte [1]), allein die Erklärer zu jener Stelle des Abu Seid [2]) behaupten, es sei darunter das chinesische Rhinoceros zu verstehen, welches sich dadurch, daß es bloß ein Horn habe, von dem zweihörnigen afrikanischen Nashorn unterscheide. Auch Marco Polo spricht, als er von dem Königreiche Basma (Pasé) redet (III. c. 15. od. 12.) [3]), von einem solchen Thiere, indem er sagt [4]): „In diesem Lande giebt es viele wilde Elephanten und Rhinocerose, welche letztere weit kleiner sind als die Elephanten, aber ihre Füße sind sich ähnlich. Ihre Haut gleicht der eines Büffels. Vorn am Kopfe haben sie ein einziges Horn, aber mit dieser Waffe stoßen und verletzen sie die nicht, welche sie angreifen, sondern brauchen hierzu nur ihre Zunge, die mit langen scharfen Stacheln bewaffnet ist, und ihre Kniee oder Füße; wenn sie auf einen Menschen feindlich losgehen, stoßen sie ihn mit den Füßen nieder und trampeln auf ihm und zerreißen ihn mit der Zunge. Ihr Kopf ist gleich dem eines wilden Ebers und sie tragen ihn tief am Boden. Sie wühlen mit Ergötzen in Sumpf und Schlamm und sind schmutzig in ihren Gewohnheiten. Doch lassen sich diese Thiere nicht durch Jungfrauen fangen, wie man bei uns wähnt, sondern sind im Gegentheil sehr wild und scheu." Ein solches Thier, Seru in der Sprache der Tibetaner genannt, begegnete dem Eroberer Dschingiskhan, als er gegen Hindostan ziehend den Berg Djadanaringun Dabagha hinaufstieg; er hielt dasselbe seltsame Thier für den warnenden Tegri seines Vaters, nicht in das Land der Bogda's zu ziehn, und kehrte von seinem beabsichtigten Zuge um [5]). Auch das von Sir John Mandeville (Voiage and Travaile c. 28. p. 290, wo eine Abb.) beschriebene Thier mit 3 Hörnern, welches mit dem Elephanten kämpft, scheint ein Einhorn sein zu sollen. Auch Aloisius Cadamosto hörte von einem Neger, daß im innern Afrika sich solche Thiere fänden [6]), und Ludovicus Vartema (Verramundus) erzählt in seiner Beschreibung von Mecca [7]) Folgendes: „Auf der andern Seite des Tempels findet sich eine Verzäumung, in der ein Paar Einhörner aufbewahrt werden, welche man dem Volke als Wunderthiere zeigt, und nicht ohne Grund, denn sie sind so, wie ich gleich erzählen werde. Das eine derselben, welches bei Weitem höher als das andere ist, gleicht ziemlich einem 2½jährigen Pferde; auf der Stirne

---

1) Diese Stellen finden sich zusammen bei Bochart, Hierozolcon T. I. B. 26. p. 933. 951.

2) X. a. O. T. II. S. 65 ff.

3) Cap. 166. S. 192 b. altfranz. Textes in d. Recueil de Voyages et de Mémoires de la Soc. de Géographie. Paris 1824. T. I.

4) Ich citire nach der Ueberf. v. Bürk S. 526, der aber ganz grundlos aus dem unicorne hier „Rhinozeros" macht.

5) Ssanang Ssetsen Mongol. Geschichte S. 89. Anm. S. 386.

6) Navigat c. 50. p. 54. b. Grynaei Nov. Orbis.

7) Navigat l. 19. b. Grynaeus p. 204.

hat es ein Horn, drei Ellen lang; das andere ist weit jünger, ohngefähr jährig und einem kleinen Fohlen ähnlich; sein Horn ist nicht größer als eine Viertel- palme. Seine Farbe ist wieselartig, sein Kopf einem Hirsche gleich, der Hals nicht oblong, sehr wenig Mähnen darauf, die auch nur auf einer Seite herab- hängen. Es hat dünne und schlanke Beine wie ein Reh, an den Vorderfüßen zweigespaltne Hufen, ohngefähr den Bocksbeinen ähnlich, der äußere Theil der Hinterfüße aber ist stark behaart. Dieses Thier ist freilich wild, aber es neutra- lisirt diese Wildheit wieder durch eine gewisse Freundlichkeit. Diese Einhörner sind von dem Könige der Aethiopier nach Mecca geschickt worden, um durch dieses höchst seltne Geschenk ein Band der Freundschaft mit dem dasigen Sultan zu knüpfen [1])." Allein Aldrovandus (de anim. bisulcis) meint, andere Reisende hät- ten diese Thiere auch gesehn, aber nicht für Einhörner, sondern für Rhinocerose erkannt. Auch Bernhard von Breitenbach will auf seiner Reise am 20. Septbr. 1483 nicht weit vom Berge Sinai und Ramathpin ein solches Thier, das aber dem Kameele ähnlich schien, gesehen haben. Diese Begebenheit berichtet aber Felix Fabri viel weitläufiger [2]), ohngefähr mit folgenden Worten: „Gegen Mittag sahen wir auf der Spitze eines Berges ein Thier stehen, welches zu uns herabschaute. Wir aber vermeinten, es sei ein Kameel und wunderten uns, wie ein Kameel in der Wüste leben könne, und es entstand unter uns eine Rede, ob auch wilde Kameele vorkämen? Da trat Calinus (der Arabische Führer) zu uns und sagte, das Thier sei ein Rhinozeros oder Einhorn, und zeigte uns das aus seiner Stirn hervorragende Horn. Wir betrachteten nun dieses edle Thier sehr aufmerksam und ärgerten uns, daß es nicht näher wäre, so daß wir es deutlicher unterscheiden könnten. Denn dieses Thier ist aus vielen Gründen ganz sonderbar. Erstlich soll es sehr wild sein und hat mitten auf der Stirne ein so spitzes und starkes Horn, daß es, was es nur angreift, zersplittert oder durchbohrt. Es wetzt dasselbe an Steinen: dasselbe hat aber einen außerordentlichen Glanz und man hält es dem Edelsteine gleich und faßt es in Gold und Silber. Es ist aber so stark, daß es kein Tiger fangen kann, sondern, wie man erzählt, stellt man ihm eine Jungfrau hin, die, wenn es auf sie zuläuft, ihren Schooß öffnet, dann legt es aber sofort alle Wildheit ab und seinen Kopf in ihren Schooß und wird dann gleichsam ein- geschläfert und waffenlos gefangen und von den Spießen der Jäger durchbohrt. Wenn man es aber lebendig gefangen hat, kann man es nicht halten, hält man es aber doch mit Gewalt, stirbt es vor Kummer, denn es ist ein unbezähmbares

---

1) Auch Cardan. de subtilit. L. X. p. 314 sq. Rauwolf Revs-Beschr. II. S. 84. Ludolf. Hist. Aethiop. I. 10. 80. u. Prosper Alpinus Hist. med. Aegypt. p. 56 u. 139 setzen es nach Aethiopien, s. a. Sudens Gelehrter Criticus S. 873 ff.

2) Evagatorium terrae sanctae T. II. p. 441. ed Hassler.

Thier. Es ist aber ein großes Thier, wie ein Pferd gebaut, hat Elephantenbeine, den Schwanz eines Schweines, die Farbe des Buchsbaums und stößt ein furchtbares Gebrüll aus. Mit dem Elephanten lebt es in beständigem Kriege, es besiegt ihn, indem es mit dem Horne in die weichen Theile seines Körpers stößt, und wie man sagt, hegt es große Verehrung vor den Jungfrauen. Pompejus der Große ließ nach Rom ein solches Einhorn zum Schauspiel kommen, wie Albertus Magnus in der Thiergeschichte erzählt. Wir verweilten also lange unter dem Berge, auf welchem das Thier stand, und es schien uns, daß, wie uns sein Anblick angenehm war, so auch ihm der unsrige gefiel, denn es blieb stehen und eilte erst, als wir fortgingen, davon." So gehen nun bei den Reisenden der Folgezeit diese unbestimmten Nachrichten von den Einhörnern fort und wenigstens in Abyssinien und im innern Afrika, wenn auch nicht in Amerika [1]), Pegu (V. le Blanc, Voyages. Paris 1649. I. p. 128. behauptet hier eins gesehen zu haben) und China [2]), hat man mit großer Bestimmtheit die Existenz dieser Thiere nachweisen zu können geglaubt [3]), wie dasselbe auch von Tibet [4]) versucht worden ist. Andere Reisende haben dagegen wieder das Dasein derselben in Abrede gestellt [5]) und Harris (Gesandtschaftsreise nach Shoa Bd. II. S. 49 Anhang) sagt geradezu, die ganze Fabel vom Einhorn komme daher, daß die Oryx capensis (Gazelle) theils so parallel stehende Hörner habe, daß sie von Weitem gesehen wie ein einziges erscheinen, und auch oft ein Horn verliere, so daß sie dann wirklich einhörnig aussehe; allein schon Rüppel (Reise nach Arabia petraea S. 161.), dem das Einhorn als eine Gazellenart mit gespaltenem Hufe und kurzhaarigem röthlichem Balge geschildert wird, und Link (Urwelt Bd. II. S. 125.) halten dergleichen Zweifel für überflüssig, und Russegger (Reisen Bd. II. 1. S. 474.) glaubt, daß ein solches Thier wirklich existirt, und Katte (Reise in Abyssinien. Stuttg. 1838. S. 89.) erfuhr 1836 von den Eingebornen in Abyssinien, daß sich ein solches Thier, welches dem im englischen Wappen befindlichen Thiere völlig gleiche, in den Gebirgen von Narea und Godscham sogar in großen Heerden vorfinde, die Größe eines Esels, Hufe und Gestalt eines Pferdes habe, von Farbe grau sei und

---

1) S. Dapper, America p. 145.

2) S. Samml. d. Reisen Bd. VI. S. 548. Witsen, Noort en Ost Tartarye T. II. p. 903.

3) S. Zimmermann Geogr. Gesch. d. Menschen u. Thiere Bd. II. S. 157. Ehrmann Anmerk. zu d. P. Lobo Reise nach Abyssinien (Lobo, Voyage. Paris 1728. p. 69.) Th. I. S. 157. Sprengel Neue Beitr. z. Länd.- u. Völkerkde. Bd. II. S. 165. Le Jong, Reise nach d. Vorgeb. d. gut. Hoffnung Th. I. S. 401.* Geogr. Ephemeriden. 1801. April. S. 382. Sparrmann's Reise S. 455. Lichtenberg im Götting. Taschenkal. 1796. S. 182. Allemand, Beschr. d. Vorgeb. d. guten Hoffnung S. 170.

4) S. Turner, Reise nach Tibet S. 189. Link, Urwelt Bd. II. S. 181 ff.

5) 3. B. Bruce Reise d. Abyss. Bd. V. S. 113 ff.

mitten auf der Stirn ein starkes Horn trage, sonst sehr scheu und daher fast unnahbar sei. Diese Beschreibung stimmt nun auch mit den Nachrichten überein, die man von dergleichen Thieren hat, welche sich in den Ebenen von Tingri-Meidan, am Arun in Nepal und Tibet finden sollen [1]). Den Balg eines solchen Thieres, welches lebendig in die Menagerie des Gorkha Radja nach Nepal gebracht, aber dort bald gestorben war, schickte der englische Resident daselbst, Hodgson, an die Calcuttasocietät, welche demselben nach ihm den Namen Antelope Hodgsonii beilegte, obwohl Andere es für die Antelope kemas Smith. erklärten, welche öfters ihre Hörner abzulegen pflegt, so daß also das übriggebliebene Horn nur der Rest von zweien, daher das eigentliche Einhorn erst noch zu suchen wäre [2]). Gleichwohl hat aber neuerlich wieder Hr. Fresnel, französischer Consularagent zu Dschiddah [3]), behauptet, dieses Thier, welches die dasigen Einwohner Abukarn (Träger eines Horns, Hornthier) nennen, finde sich im Lande Borgu oder Barku in Afrika, es gehöre zu den Pachydermen, sei jedoch dem Pferde nicht ähnlich, sondern noch dicker und stärker als ein Büffel, 6 Fuß lang, 5 Fuß hoch und 4 Fuß dick, jedoch hätten die denen des Elephanten ziemlich ähnlichen Füße nur 1½ Fuß Länge, sie seien unmerklich articulirt, so daß, wenn das Thier auf der Seite liegend schlafe, sie ganz gerade und gestreckt dalägen, der Schweif sei kurz, nur an einigen Stellen mit Haaren besetzt, und endige in einen starken Wedel, die Haut sei fast nackt, aber dicker als die des Rhinozeros und die dickste von allen bekannten Thieren Afrika's. Das bewegliche, 1 Elle lange, in zwei Dritteln seiner Länge wie das Thier selbst aschgraue, am obern Drittheile aber purpurrothe und sehr schar zugespitzte Horn befinde sich oben, nicht aber am Ende der Nase, wie beim Rhinozeros, zwischen den Augen, damit greife es gesenkten Hauptes seinen Feind an, durchstoße ihn und schleudere ihn in die Luft, was es besonders mit dem Menschen thue, den es auch ohne gereizt zu sein angreife. Sein Rüssel sei dem des Wildschweins ähnlich, doch fresse es den Menschen nicht, noch überhaupt Fleisch, sondern nähre sich von Melonen und Baumwollenstauden. Seine Ohren seien klein und es werfe nur ein Junges; gejagt endlich werde es zu Pferde und mit der Lanze getödtet, die man ihm in den After oder Unterleib stoßen müsse, da

1) Seru bei den Tibetanern, Kere bei den Mongolen und Kiotuan bei den Chinesen genannt. S. a. Klaproth, Déscr. du Tibet trad. partiell. du Chinois en Russe p. Hyacinthe Bitchourin. Paris 1831. p. 230.

2) S. Ritter, Asien Bd. IV. S. 98 ff. 255, Ausland 1830. Nr. 256. Herren W. Bd. X. S. 207.

3) Im Journ. Asiat. 1844 T. III. Mars. Nr. XII. Nork, Myth. d. Volkssagen S. 963 ff. Ausland 1844. Nr. 137. — Uebrigens erzählt Vogt Phys. Zeitvertreiber X. 2. S. 64, es sei einst dem Kurfürsten von Sachsen ein Pferd geschenkt worden, welches ein Horn vor der Stirn hatte, aber dasselbe alle Jahre abwarf und dafür ein neues erhielt, und Happel Relat. Cur. Bd. IV. S. 620. führt noch andere derartige Beispiele an.

es an allen andern Stellen des Körpers undurchdringlich sei. Neuerlich [1]) hat derselbe Fresnel nachgewiesen, daß in den südlichen Provinzen von Waday oder Dar-Sulayh, südwestlich von Darfur, dieses Abukarn vorkommt, zwei kleine Knöpfe an den Seiten der Stirne, zwischen den Augen aber ein großes Horn hat, zu der Gruppe der Wiederkäuer gehört und eine Mischung von Ochse und Giraffe ist. Die Einwohner unterscheiden es von dem Khertit oder zweihörnigen Nashorn. In Kordofan ward dem Reisenden d'Abbadie eine A'nasa angeboten, ein Thier so groß wie ein kleiner Esel, mit dickem Leib, dünnen Beinen, Eberschweif und einem Horne an der Stirne, welches es, wenn es allein sei, hängen lassen, sobald es aber einen Feind sehe, erheben sollte [2]). Auf dem Himalaya sah der bekannte eng-lische Reisende Prinsep ein einhufiges Thier, dessen dicker Kopf mit einem einzigen in der Mitte der Stirne inserirten Horne bewaffnet war, und mehr einem Stier- als Pferdekopfe glich [3]). Mit einem Worte, die Existenz dieses Thieres ist bis heute noch nicht widerlegt (s. Erhard im Ausland 1849. Nr. 167—169.), wenn auch noch nicht bewiesen, daß die über dieses Geschöpf besonders im Mittelalter sehr oft wiederholten Sagen nicht rein aus der Luft gegriffen sind. Diese finden sich zusammengestellt bei Isidorus Origin. XII. 11., Eustath. Hexaëmer. p. 40., Petrus Damianus L. II. ep. 18. Albertus M. de animal. L. XXII. tr. 2. c. 1. Bartholomaeus de Glanvilla de propriet. rerum L. XVIII. c. 88. Brunetto Latini im Tesoro (V. 65.) u. b. Propriétez des bestes (bei Berger de Xivrey p. 559 der Traditions tératologiques). Der Verfasser des alten Buchs der Natur er-zählt ihnen Folgendes nach: „Unicornus ist ein Einhorn vnd ist ein kleines Thier, wie Isidorus spricht, gegen seine großen Kräfte. Es hat zu seiner Größe kurze Beine. Gar scharf vnd hauend wie es ist, mag es kein Jäger fahen mit Ge-walt, aber, wie Isidorus und Jacobus sprechen, so fängt man es durch eine keusche Jungfrau. Wenn die Jungfrau sitzt im Wald und das Einhorn kömmt zu ihr, läßt es alle seine Grimmigkeit vnd kömmt zu ihr in den Schooß, vnd ehret die Reinigkeit an dem keuschen Leibe vnd legt sein Haupt ihr in den Schooß vnd entschläft da. So fangen es die Jäger vnd führen es in des Königs Pa-last, die wunderbare Seltenheit. Das Thier bedeutet VNSERN HERRN JE-SVM CHRISTVM. Der war zornig vnd grimmig, ehe er Mensch ward, gegen die hoffärtigen Engel vnd ihren Vngehorsam. Den fing die hochgelobte Magd MARIA mit ihrer Keuschheit in der Wüste dieser kranken Welt, da er vom Himmel herabsprang in ihren reinen keuschen Schooß. Darnach ward er ge-fangen von den scharfen Jägern, den Juden vnd von ihnen getödtet lästerlich.

---

1) S. Comptes rendus hebdomat. de l'ac. des Sciences 1848 p. 281. Erhard im Ausland 1849. Nr. 160.

2) S. Ausland 1849. Nr. 8 S. 31.

3) S. Ausland 1848 S. 675.

68

Darauf erstund er vnd fuhr zu den Himmeln in den Pallast seines ewigen Vaters." Gewöhnlich wird noch hinzugesetzt, daß, wenn die Jungfrau keine reine
Jungfrau, so lege es sich nicht in den Schooß derselben nieder, allein der Araber
Demiri sagt gerade das Gegentheil, nämlich daß sie bereits empfangen haben
müsse, weil es komme um aus ihrer Brust zu saugen [1]). Ein anderer arabischer
Geschichtschreiber, Al Kazwini, erzählt nun aber [2]) noch, es sei ein großer Freund
der Tauben und lege sich gern unter die Bäume, auf denen dieselben nisten, höre
auch gern dem Girren derselben zu, und der Vogel fürchte sich auch so wenig,
daß er auf das Horn des Einhorns herabfliege und, indem dieses unbeweglich bleibe,
sich auf demselben wiege. Nach dem Verfasser des bekannten Briefs des Priesters
Johann an den Kaiser von Rom und König von Frankreich [3]) endlich giebt es
drei Arten von Einhörnern, grüne, schwarze und weiße, welche den Löwen zu be-
kämpfen pflegen, der sie aber so besiegt, daß er, wenn das Einhorn müde ist und
sich unter einen Baum lagert, um dasselbe herumläuft, dieses stößt nun nach ihm,
da er aber ausbiegt, trifft es statt seiner den Baum und stößt sein Horn so tief
und so fest in den Baum hinein, daß es dasselbe nicht wieder herausziehen kann,
worauf es waffenlos und vom Löwen getödtet wird. Wie nun aber das Einhorn
schon bei den alten Persern das Symbol der jungfräulichen Reinheit war, so
brauchte es auch das christliche Mittelalter als solches, und so findet man viele
alte Gemälde, auf denen das Einhorn dargestellt wird, wie es sich in den Schooß
der Mutter Maria flüchtet [4]), und auf andern Bildwerken sehen wir es als Begleiter der h. Justina, des h. Firminus und des h. Cyprianus. Ebendahin deu-
ten auch mehrere Stellen alter deutscher Dichter, so des Wolfram von Eschenbach
im Parzival (v. 14405 ff.), der noch hinzufügt, daß unter dem Horne des Einhorns der sogenannte Karfunkelstein wachse, der die Wunden heile, wenn man sie
damit bestreiche, und der Minnesinger Conrad von Würzburg, Rumsland und Ho-
henfels (bei Manesse Samml. II. S. 201. 224. I. S. 84.). Am Weitesten gehen nun aber im Allegorisiren die Verfasser der sogenannten Bestiaires, so der
Nordfranzose Philipp de Thaun [5]), wo es B. 193 ff. heißt:

---

1) Bei Bochart a. a. O.

2) Bei Bochart a. a. O.

3) Preatre Jehan à l'empereur de Rome et au roy de France. s. l. et a 4. u. b. Denis,
Le monde enchanté. Paris 1843. 18. p. 192.

4) Beschreibungen in Bulpius, Curiositäten Bd. VI. 2. S. 133 ff. Münter, Sinnbilder der
Christen I. S. 43. Maury, Légendes pieuses du Moyen Age p. 176 sq. Bei Thomas Villa-
nov. In Nativit. Dom. Conc. 4. wird es so erklärt: Dilectus quasi filius unicornium. Quid filio
Dei similius quam filius unicornium? Captus est et ipse amore Virginis, et majestatis oblitus,
carneis vinculis irretitur.

5) Bei Wright, Popular treatises on science writtenduring the middle ages. Lond.
1841. p. 81.

69

Monosceros est beste, un corn ad en la teste,
Pur çeo ad si à nun, de buc ad façun;
Par pucele est prise, or oez en quel guise.
Quant hom le volt cacer e prendre et enginner,
Si vent hom al forest ù sis repairs est;
Là met une pucele hors de sein sa mamele,
E par odurement Monoceros la sent;
Dunc vent à la pucele, e si baiset sa mamele,
En sun devant se dort, issi vent à sa mort;
Li hom survent atant, ki l'ocit en dormant.
U trestut vif le prent, si fait puis sun talent.
Grant chose signefie, ne larei ne l'vus die.
Monosceros Griù est, en Franceis un corn est:
Beste de tel baillie Jhesu Christ signefie;
Un Deu est e serat e fud e parmaindrat;
En la virgine se mist, e pur hom charn i prist,
E pur virginited pur mustrer casteed;
A virgine se parut e virgine le conceut,
Virgine est e serat et tuz jurs parmaindrat.
Or oez brefment le signefiement.
Ceste beste en verté nus signefie Dé;
La virgine signefie sacez Sancte Marie;
Par sa mamele entent sancte eglise ensement;
E puis par le baiser çeo deit signefier,
E, hom quant il se dort en semblance est de mort:
Dés cum hom dormi, ki en la cruiz mort sufri,
E sa destructiun nostre redemptiun,
E sun traveillement nostre reposement,
Si deceut Dés Diable par semblant cuvenable;
Anme e cors sunt un, issi fud Dés et hom,
E çeo signefie beste de tel baillie.

Ziemlich auf dieselbe Weise spricht sich auch der altdeutsche Physiologus aus [1]) und hierin liegt wohl auch der Grund, warum man das Einhorn selbst in die Wappen aufgenommen hat, indem man damit die Reinheit desselben und des Ritterwesens überhaupt bezeichnen wollte. Indessen ist nach Einigen das Bild desselben hier nichts weiter als ein Pferd, dem das Horn eines Schwertfisches in die Stirn gesteckt ist [2]). Im Jahre 1663 fand man im Zeunicker Berge bei Quedlinburg, als man Kalkstein brach, ein ganzes Einhorn, welches vor der Stirn ein langes Horn, so dick wie ein menschliches Schienbein hatte, woraus der bekannte Otto von Guericke (Experimenta. Magdeb. L. V. c. 3. p. 155.) die Existenz

---

1) Maßmann, Deutsche Gedichte des XII. Jhdts. Bd. II. S. 313. Anderes bei San Marte, Rot. zu Parcival. S. 623.

2) S. Brand Popul. Antiq. T. III. p. 202.

dieſer Thiere nachweiſen wollte. Ein ähnliches Gerippe grub man in der Höhle bei Scharßfeld im Harz aus (abgeb. b. Leibnltz, Protogea. Gott. 1749. 4. p. 64.), die davon Einhornloch genannt ward. Jeder ſieht ein, daß hier von vorweltlichen Thieren die Rede iſt. Dieſes Horn aber iſt im Mittelalter und auch noch in den beiden erſten Jahrhunderten der neuern Zeit ſehr werth gehalten worden, weil man demſelben die Kraft zuſchrieb, ſeinem Beſißer das Leben zu verlängern und ihn vor Vergiftungen zu bewahren. Darum findet es ſich noch heute in alten Kunſt- und Raritätenkabinetten und ward damals von Königen und Kaiſern ſehr theuer bezahlt [1]), obgleich auch ſchon zu jener Zeit Zweifler auftauchten, wie z. B. Kaiſer Leopold I. das ihm zu Nürnberg gezeigte Exemplar für das Vertheidigungswerkzeug eines Fiſches erklärte [2]). Auch Cardan (de rerum varietate p. 672), der ein ſolches Horn ſehr weitläufig beſchreibt, hat keinen rechten Glauben. Ueberhaupt hat ſchon Kircher [3]) behauptet, alle dieſe in Kunſtkammern aufbewahrten Hörner rührten nicht von einem Landthiere, ſondern von einem Fiſche her, und dieſes ſei das ſogenannte Seeeinhorn, welches ſich angeblich in der Nordſee finden ſolle, wie ſchon der bekannte Wunderſeher Olaus Magnus (I. 14. cf. XXI. 5.) erzählt. Auch Rochefort [4]) und Dapper [5]) beſchreiben es [6]), allein ſchon Worm hat 1638 nachgewieſen, daß dies durchaus nicht das Horn eines Fiſches, ſondern der Zahn eines Narval oder isländiſchen Wallfiſches ſei [7]). In neuerer Zeit iſt die Sache dadurch wieder zur Sprache gekommen, weil man bei der Ausbeſſerung des Schiffes „Le Robusto" zu Havre 1837 ein in den aus Eichenholz beſtehenden Kiel deſſelben eingedrungenes Horn entdeckte, das große Aehnlichkeit mit einem Elephantenzahne hatte, der Maſſe nach aber dem Fiſchbein glich, wobei ſich der Capitán erinnerte, daß das Schiff in der Nähe des Cap Horn auf einmal einen heftigen Stoß bekam, dennoch aber weder auf eine Klippe noch Sandbank aufgeſtoßen war. Dies erklärte er nun ſo, daß dieſes rieſenhafte Thier vermuthlich mit dem Zahn oder Horn in den Kiel des Schiffes gerannt und, um ſich wieder loszumachen, denſelben wieder abgebrochen habe [8]). Die verſchiedenen Eigenſchaften des Einhorns prangen auf den Deviſen des 16. und 17. Jhdts. (ſ. v. d. Ketten Apelles Symbol. I. p. 689 sq.). Es iſt nun noch übrig, ganz kurz zuſammen-

---

1) Beiſpiele giebt Coremans, la licorne p. 12. sq.

2) S. Bulpius, Curioſitäten Bd. II. 3. S. 223 ff.

3) Mundus subterraneus Lib. VIII. f. 63.

4) Histoire naturelle de l'Isle Antille c. 18.

5) Afrika f. 25. Sehr Vieles hierüb. b. Behrens, Hercynia curiosa p. 43 sq.

6) Nach ihnen Happel Relat. Curios. Bd. IV. p. 624 sq. und Er. Francisci Acerra Exoticorum I. p. 809—823.

7) Bei Bartholin a. a. O. S. 113. ff.

8) S. Pfennigmagaz. 1837. Nr. 202. S. 43.

zuſtellen, für welches Landthier man das Einhorn bisher angeſehen hat. Gewöhn=
lich hält man es 1) für die wilde Gazelle, Antilope leucoryx L., den Oryx der
Alten [1]); 2) für den Büffel oder bos bubalus [2]); 3) für das Rhinoceros [3]);
4) für das Elenthier (Coddo) [4]); 5) für die zweigehörnte Antilope [5]) und endlich
6) für ein wirkliches Thier [6]); ja man hat ſogar daſſelbe für eine Verwechſelung mit
gehörnten Menſchen gehalten [7]).   Die Literatur über daſſelbe iſt ziemlich bedeutend,
nämlich: J. Chr. Stollbergk, De unicornu. Lips. 1652. 4.   S. Fr. Prenzel,
De Unicornu. Viteb. 1675. 4.   Fr. Chr. Berenius, De monocerote. Lips. 1667.
4.   C. Bartholin, De unicornu. Patav. 1645.   Amstel. Ed. II. emend. 1678. 12.
P. L. Sachse, Monocerologia s. de unicornibus. Raceb. 1696. 8. und De ge-
minis unicornibus. ib. eod. 8.   L. Catelan, Histoire de la nature, chasse, ver-
tus, propriétés et usages de la licorne.   Montpell. 1624. 8.   (Deutſch Frfft.
1625. 8.) G. K. Kirchmaier, Disputationes zoologicae de basilisco, unicornu, phoenice, behemoth et leviathano, dracone ac aranea ad illustr. varia sacrae scrip-
turae sacra. Jen. 1733. 4.   F. A. A. v. Meyer, Verſuch über das Säugethier
Reem. Lpzg. 1796. 8.   Coremans, La licorne et le Juif Errant. Bruxell. 1845.
8. p. 3—20.   Morgenblatt 1827. Nr. 142 ff. S. 566. 605 ff.

Fünftes Capitel.

Der Phönix.

Der erſte Grieche, welcher uns nähere Nachrichten (nach Hecatäus) über die=
ſen wunderbaren Vogel mittheilt, iſt Herodot.   Er ſagt von demſelben (II. 73.)
Folgendes: Es giebt auch noch einen andern heiligen Vogel, deſſen Name Phönix

1) S. Bochart II. p. 335 sq. Roſenmüller, Alterthümer Bd. IV. 2. S. 198 ff.

2) S. Robinſon Reiſe Bd. III. S. 563. Ruſſel, Naturgeſch. v. Aleppo. Bd. II. S. 7.

3) S. Michaelis Supplem. T. VI. p. 2215 sq. Bähr a. a. O. S. 330 ff. Cuvier, Annot.
ad Plin. T. VI. p. 431 sq.

4) S. Grand, Reiſe nach Südwallis S. 44.

5) Cuvier, Die Umwälzung der Erdrinde Bd. I. S. 78. II. S. 150 ff., und Anſichten der
Urwelt S. 167 ff. Lichtenſtein, Ueb. d. Antilopen des nördlichen Afrika's. Berl. 1826. In Abhandl.
d. Berl. Acad. v. 1824—1826. S. 195 ff.

6) S. Guettard, Note sur la Trad. de Pline de Poinsinet de Sivry L. VIII. c. 21. p. 376.

7) S. Beckmann Lit. d. Reiſebeſchr. Bd. I. S. 113. II. S. 15.

ift; ich habe ihn felbft nicht gefehen, ausgenommen abgemalt, denn er kommt nur felten nach Aegypten alle 500 Jahre, wie die Einwohner von Heliopolis erzählen. Man fagt aber, daß er dann komme, wenn fein Vater geftorben fei. Er ift aber, wenn er dem Bilde gleicht, ohngefähr von folgender Geftalt und Größe. Ein Theil feiner Federn ift goldfarbig; der andere roth und kommt einem Adler an Größe und Umfang fehr nahe. Man fagte nun, daß er Folgendes zu machen pflege, was mir aber nicht recht glaublich fcheint. Er komme aus Arabien, über-bringe feinen Vater in den Tempel der Sonne, einbalfamirt in Myrrhen, und be-grabe ihn in jenem Tempel; er transportire ihn aber folgendermaßen: zuerft mache er aus Myrrhen ein Ei fo groß, als er es tragen kann, hierauf verfuche er es fortzutragen, wenn er nun den Verfuch gemacht, fo höhle er das Ei aus, lege feinen Vater hinein und verklebe dann diefe Höhlung mit anderer Myrrhe, wenn aber fein Vater darin liege, fo komme dann diefelbe Schwere wie früher heraus und nun bringe er das Ei nach Aegypten in den Sonnentempel. Mit diefer Tradition ftimmen auch die übrigen Sagen der Alten ziemlich überein [1]), nur daß fie theilweife noch hinzufetzen, daß aus den Gebeinen und dem Marke des alten verwefenden oder fich verbrennenden Phönir der junge Vogel entftehe [2]). Horapollo (Hierogl. II. 57.) erzählt noch, wenn der Phönir fterben wolle, werfe er fich auf die Erde nieder, und durch diefen Fall bekomme er eine Wunde, aus welcher Eiter herauskomme, und aus diefem entftehe ein zweiter Phönir; diefer aber gehe, fobald ihm die Federn gewachfen feien, mit feinem Vater nach Heliopolis in Ae-gypten, und fobald er dort angekommen, fterbe diefer bei Aufgang der Sonne, der junge aber fliege in fein Vaterland zurück, den alten aber begrüben die Aegyp-tifchen Priefter. Er fügt noch (I. 34. 35.) hinzu, daß der Phönir bei den Aegyp-tern das Symbol der Sonne fei und daß er als Hieroglyphe gebraucht werde,

---

1) Die Stellen der Alten bei Martini zu Lactant pag. 38. und Henrichfen a. a. O. S. 26 ff. Befonders ausgefchmückt ift die Fabel bei Achilles Tatius III. 25.

2) Plin. Hist. Nat. X. 2. Tzetzes Chil. V. 6. Schol. ad Aristid. T. II. p. 107. Jebb. A. Morin, De phoenicis μυθολογιᾳ. Upsal. 1689. 4. G. K. Kirchmaier (resp. S. Oheimb) Disp. de Phoenice. Viteb. 1660. 4. C. Chr. Dauderstadius, Disp. de Phoenice. Lips. 1665. 4. Nic. Aagaard (resp. P. Holm) Disp. de usu syllogismi in theologia et de nido Phoenicis ex carmine Lactantii. Havn. 1647. 4. J. Ph. Pfeiffer (resp. Chr. Gorlov) Diss. de Phoenice ave, Regiom. 1673. 4. Fr. Saiberlich (resp. D. Hintz) Diss. I. de Phoenice ave ficta. Regiom. 1696. 4. D. Caspari, Diss. de Phoenice. Rig. 1687. 4. C. Fr. Mennander (resp. F. Zideen) Diss. de Phoenice ave. Aboae 1748. 4. Guy de Lagarde, Hist. et description du Phénix. Paris 1550 8. P. Texelius, Phoenix visus et auditus seu fictae illius avis quae usque adeo celebratur toto orbe descriptio symbolica. Roterod. 1703. 4. J. Gryphiander, Phoenix poëtarum carminibus celebr. et comm. ill. Jen. 1618. 4. R. F. F. Henrichsen, De Phoenicis fabula apud Graecos, Romanos et populos orientales. Hafn. 1825—27. II. 8. Drummond im Class. Journ. Vol. XIV. p. 319 sq. Curiofitäten Bd. IV. 2. S. 142 ff. 4. S. 312 ff. Bochart Hieroz. T. III. p. 809 sq.

um die lange Zeit auf Erden zubringende Seele oder die Ueberschwemmung des Nil oder einen aus der Fremde Zurückkehrenden darzustellen. Andere Schriftsteller [1]) sagen, es sei ein indischer Vogel, der, wenn er ein hohes Alter (500 oder 1461 Jahre) erreicht habe, sich selbst verbrenne. Noch Andere [2]) berichten, es existire nur einer auf einmal, der sich ein Nest auf Bäume aus Gewürzen baue, wenn er sterbe, entwickele sich aus ihm ein Wurm, der durch die Sonnenwärme zum Phönir werde, und nachdem er 7006 Jahre gelebt, in Aegypten sterbe. Auch er- zählt man [3]), er baue sich' selbst aus Gewürzen einen Scheiterhaufen, setze sich darauf und verwese, hierauf entstehe ein neuer Phönir, der, wenn er groß ge- worden sei, die Gebeine seines frühern Körpers in Myrrhen eingeschlossen nach Heliopolis trage und dort verbrenne. Endlich fabelt man [4]), er gehe aus Strah- len hervor und glänze wie Gold, sein aus Gewürzen gebautes Nest stehe an den Nilquellen, und wenn er, um neu geboren zu werden, in dem Neste vergehe, singe er sich selbst ein Sterbelied. Historisch wußte man nun von vier verschie- denen Erscheinungen dieses Vogels [5]), nämlich unter Sesostris, Amasis, Ptole- mäus III. und Tiberius, wiewohl an der Sicherheit der letzten Erscheinung schon damals gezweifelt wurde. Abgebildet findet sich der Phönir sehr häufig auf Ae- gyptischen Denkmälern, theils ganz so, wie ihn Herodot beschreibt, theils mit einigen Veränderungen, theils symbolisirt als menschenähnlicher geflügelter Genius, zuweilen mit dem Sterne (dem Sirius), und mit einer Schale (dem Symbol der Nilfluth im Sommerfolstitium) [6]). Daß nun aber in diesem innerhalb eines lan- gen Kreislaufs von Jahren regelmäßigen Wiederkehren des Phönir eine Epoche des großen Welt- oder Sommerjahres liegen müsse, ahneten schon die Alten [7]), und dieses ist die große Phönirperiode von 600 oder 1400 (1461) Jahren, deren nähere Berechnung nicht hierher gehört [8]).

Dieser Idee nun von einer neuen Zeit, welche der junge Phönir nach dem Untergang der alten (dem Verbrennen des Vaters) herbeiführen sollte, bemächtig-

1) Lucian. de m. Per. 27. Philostr. Vita Apoll. III. 49.

2) Plin. X. 2. Tzetz. Chil. V. 397 sq. Ovid. Met. XV. 392 sq.

3) Pomp. Mela. III. 8. Stat. Silv. II. 4. 36.

4) Philostr. a. a. O.

5) Tacit. Ann. VI. 28.

6) Bei Denon Descript. de l'Egypte T. I. pl. 60, 22. pl. 78, 16. pl. 80, 17. pl. 16, I. u. 2. pl. 18, pl. 22, 5. pl. 23, 5. Bei Ez. Spanbem. De usu et praest. num. IV. p. 285. ist aber ein Adler mit einem Phönir verwechselt.

7) J. B. Solinus c. 36.

8) S. Censoriu. de die nat. c. 18. Zoega de Obeliscis p. 160. 505. Creuzer, Symb. Bd. I. S. 438 ff. Böttiger, Kunstmythol. Bd. I. S. 37 ff. Ausland 1849. S. 1200. Ideler, Hdbch. d. Chronologie Bd. I. S. 186 ff. Seyffarth, Syst. astron. Aegypt. p. 46.

ten sich die Christen, aber nicht blos die Dichter, wie Claudian und Lactantius in ihren Gedichten vom Phönix, sondern vorzugsweise die Symboliker, indem sie unter ihm sich Christus dachten, wie er nach seinem Tode am Kreuze zu einem neuen ewigen Leben wiederauferstand [1]), personificirten also unter seinem Bilde die Unsterblichkeitslehre, und so kam er denn auch auf die Münzen der Griechischen Kaiser, wo er bald die Unsterblichkeit des jedesmaligen Regenten durch seine Thaten, bald die ewige Dauer des Reiches andeuten sollte, was man aus den gewöhnlich beigefügten Worten Aeternitas, Perpetuitas, Consecratio abnehmen kann [2]). Uebrigens ist auch in der Religionslehre des Sufismus der Aanka oder Enka das Emblem des höchsten Wesens und der Gottheit (s. Shea, Dabistan T. III. p. 249.) Natürlich deutete nun auch das Mittelalter diese Sage aus und so finden wir dieselbe auch in dem Bestiaire des Philip de Thaun B. 1080 ff. wahrscheinlich nach dem alten Griechischen Physiologus des Epiphanius (bei Mustoxyd. et Schinae Anecd. Graeca. Venet. 1817 p. 13.) sehr weitläufig ausgeführt:

> Fenix est uns oisaus ki mult (est) genz e bals
> En Arabe est trucé, cume cisne est formé;
> Nuls hom ne set tant quere que plus en truist en terre;
> El mund tut suls est, e trestut purprins est;
> V. C. anz vit e plus, çeo dit Ysidorus;
> Quant se veit enveillir, vergettes vait cuillir
> De precius sarment de bon odurement,
> Cum fule le prent, aprof desus s'estent,
> Par la raie del solail recet la sue fedail,
> Volentrivement ses eles i esprent,
> Hoc art de sun gré, en puldre est tresturné,
> Par le fu del sarment, par le bon uignement
> Del chalt e del humur la puldre prent dulcur,
> E tel est sa nature, si cum dit escripture;
> Al terz jur vent à vie; grant chose signefie,
> De lui dit Bestiaire chose que mult est maire,
> Et Phisologus dit uncore plus;
> Fenix cinc ceaz anz vit et un poi plus, çeo dit,
> Puis volt rejuvener, sa vellesce laisser,

---

1) Ambros. de fide resurr. II. 59. u. im Hexaem. V, 23, 79. Clem. Rom. ep. ad Corinth. I. 24. p. 120. Tertull. de resurr. carnis c. 13. Münter Sinnbild. d. alt. Christen. Bd. I. S. 96.

2) S. Rasche Lex. rei numm. T. III. P. II. s. v. p. 1249 sq. Eckhel, Doctr. numm. veter. T. IV. p. 441 sq. Casali, De vet. christ. rebus. P. l. c. l. p. 3. Bracci, Phoenicis effigies in numismatis etc. Rom. 1637. 4. R. Lagerlööf, Phoenicis Mythologia. Upsal. 1689. 4. Patin, Epist. de phoenice in numismate Anton. Caracallae expresso. Venet. 1683. 8. Zobel, Cacozelia gentium in tradendis doctrinis de generis humani origine ac resurrectione mortuorum ex antiquitatum monumentis demonstrata. Alt. 1738. 8. Köhler Münzbelustig. Bd. V. S. 145.

Lores le basme prent de là dunt il desent,
Treiz feiz se plungerat, fut sun cors uindrat;
Puis que il ad çeo fait enes le pas se vait,
E tant par est membré, vent à une cité,
Ceo est Eliopolis, ù repaire tut dis,
Dunc cumence à nuncier que il volt rejuvener;
Hoc est uns alters, ne qui que il sait mais tels,
Uns prestres en tel guise al oisel fait servise,
Ke ben entent le crie qu'il ad de lui oie,
Qu'il volt rejuvener e sa veillesce leser;
En Marz u en Aevril çeo fait l'oisel gentil.
Li prestres quil sarment, sur sun alter l'esprent,
E fenix vent volant, el fu se met ardant;
Quant ars est li sarment e le oisels ensement,
Li clers vent al autel, jamais nen orez tel,
Hoc truve un verment, suef alont petitet,
Al secund jur revent, furme d'oisel tent,
Quant repaire al terz jur l'oisel trove greignur,
Tut est fait e furmé, al clerc dit tant vale;
Jçeo est Dés te salt; puis repaire al guald,
Dunt il anceis turnat, ainceis qu'il se bruillat.
Sacez tel est sort, de sun gré vent à mort,
E de mort vent à vie; oez que signefie.
Fenix signefie Ihésu le Fiz Marie,
Ke il out pousté murir de sun gré,
E de mort vent a vie, fenix çeo signefie;
Pur sun pople salver se volt en croix pener.
Fenix dous eles ad, signefiance i ad:
Par ces eles entent dous lais veraiement,
La velz lai e la nuvele, ki mult est saint e bele;
Ceo vint Dés pur emplir, pur sum pople guarir
Or fine la raisun, altre cumencerum.

Hiemit stimmt unter Andern auch der altdeutsche Physiologus (bei Maßmann Ged. d. 12. Jhdts. II. S. 324 ff.) und Brunetto Latini im Tesoro (V. 26.) überein. Auch setzte man ihn in das Land des Priesters Johann, denn es hieß da [1]): „In unserem Lande ist ein Vogel, der Phönix heißt und der schönste Vogel der Welt ist. Aber auf der ganzen Welt giebt es nur einen, der lebt 100 Jahre und dann steigt er auf gen Himmel, so nahe der Sonne, daß das Feuer seine Flügel ergreift, und nun senkt er sich in sein Nest herab und verbrennt und aus seiner Asche wird ein Wurm, und der verwandelt sich in 100 Tagen wieder in einen Vogel, der so schön ist wie der frühere." Aehnliches berichten die alten Rit-

---

1) Prestre Jehan à l'empereur de Rome bei Denis, Monde enchanté p. 193.

terbücher über ihn, so heißt es in der Histoire du S. Graal über ihn [9]): „Da kam daher ein gar sonderbar gestalteter Vogel: schwarz wie Pech war sein schlangen= artiger Kopf, roth waren seine Augen und Zähne gleich glühenden Kohlen; er hat den Hals eines Drachen, die Brust eines Löwen, die Klauen eines Adlers. Vorn an der Brust befanden sich zwei große Flügel, hart und schneidend wie scharf geschliffener Stahl, nach hinten zu zwei andere, weiß wie Schnee, rauschend im Fliegen, wie Hagel im Gewittersturm. Spitzig war sein Schweif, einem Degen gleich, flammend wie ein Blitzstrahl." Eine andere Beschreibung ist folgende [2]): Nicht mehr als ihrer drei dieses Vogelgeschlechts können auf einmal geboren wer= den. Das Weibchen legt drei Eier, ohne mit dem Männchen Gemeinschaft gehabt zu haben. Diese Eier sind aber so außerordentlich kalt, daß nur die Mutter die= selben berühren kann, und sie selbst wird so kalt, daß sie nicht zu berühren ist. Hat sie nun Frost genug geduldet, fliegt sie in's Thal Hebron, wo sie den Stein Pirafiste findet, der von unendlicher Hitze ist. Wer ihn berührt, wird von der Hitze sogleich roth wie Blut. Die Mutter aber glaubt, die Hitze sei noch nicht groß genug, und fliegt mit ihm zum Neste. Aber da hat schon die Hitze ihren Körper durchbrannt, sie weiß, auch die Eier würden anbrennen, käme denselben der Stein zu nahe; daher legt sie ihn nur fern, er aber brütet dennoch die Eier aus. Die Mutter aber verbrennt und es bleibt nur einige Asche und zähe, näh= rende Theile des Körpers zurück. Aus den Eiern entstehen zwei männliche Vögel und ein weiblicher, die sich, so lange bis sie zu Kräften gekommen sind, von der Asche der Mutter nähren, dann essen sie nie wieder. Die beiden Männ= chen sind stolz und jedes will das Weibchen haben und beherrschen. Es kömmt darüber zum Kampf. Beide bleiben todt und nur das Weibchen, Serpellions ge= nannt, bleibt zurück, um dereinst auf gleiche Weise sich wieder fortzupflanzen und zu zerstören. Auch der Prosaroman von Alexander in altfranzösischer Sprache hat sich dieser Fabel bemächtigt [3]), allein unter den alten Reisenden ist Johann von Mandeville wohl der Einzige, der es sich herausnimmt, zu behaupten, ihn zwei= mal gesehen zu haben. Er sagt nämlich [4]): „In Aegypten liegt eine Stadt, die heißt Elipole oder Dersole, auf Deutsch: die Sonnenstadt. In derselbigen Stadt ist ein Tempel gebauet, nach dem Tempel zu Jerusalem, er ist ihm aber ganz ungleich. Die Pfaffen in selbigem Tempel haben geschrieben von der Stunde des einigen Vogels in der Welt, der Phönix genannt ist, also, wenn er sterben und

---

9) S. Sulpius Curiositäten a. a. O. S. 146 ff.

1) S. Büsching, Erzählungen des Mittelalters Bd. I. 2. S. 422.

3) S. Berger de Xivrey, Tradit. tératologiques p. 348.

2) In d. deutschen Uebers. im Reisbuch des heiligen Landes Th. VII. S. 759. (Zweite Ausg. Th. II., S. 768.)

wieder werden soll.   Wenn die Zeit kompt, so bereiten die Pfaffen einen Altar im Tempel, und so er fünfhundert Jahre gelebt hat, komt er geflogen auf den Altar, sich selber zu verbrennen, und sich zu erneuern.   Das sagten mir die heydnischen Pfaffen und ließen mich ihr Geschrift sehen und lesen, die sie davon haben. Also wenn die Zeit kompt, daß er sich verbrennen soll, so legen die Pfaffen Dorn und lebendigen Schwefel und andere Kräuter auf den Altar und auf die Stunde, so er fünfhundert Jahr gelebt hat, kompt er auf den Altar geflogen, und von dem geschwinden Wind, den er mit ihm bringt, so zünden sich die Dorn und der Schwefel an und verbrennt dann darin zu Asche, und so das Feuer erlescht, so findet man ein kleines lebendiges Würmlein in der Asche liegen.   Des andern Tages wird das Würmlein zu einem Vogel.   Des dritten Tages wird es vollkommen und fleugt hinweg.   Und darin vergleicht man den Vogel Gott dem Herrn, der am dritten Tage erstunde vom Tode.   Man sieht ihn auch dick fliegen, denn er ist ein mehrentheil daselbst, oder in Arabia, und ist ein wenig größer denn ein Adler, und hat ein Krone auf dem Haupt, größer denn ein Pfau hat, und ist ihm der Hals scheinbar, der Schwanz rothstreiffelt allenthalben. Ich habe ihn wissentlich zweimal sehen sitzen, aber dick fliegen; seine Flügel sind Purpurfarbe, der Rück blaufarb und ist gar lustig zu sehen, so die Sonne scheinet, und dann so glänzet er, und er zeiget alle Farben."

In der Bibel scheint er auch erwähnt zu werden, denn Hiob 29, 18 muß so übersetzt werden: „Da dacht ich, in meiner Hütte werde ich sterben und wie der Phönir vermehren meine Tage"; denn an einen Palmbaum zu denken, wozu die Septuaginta, welche φοινιξ übersetzt, Veranlassung giebt, wird immer bedenklich sein.   Sonst hat schon der Kirchenvater Beda das Richtige bei seiner Erklärung der Stelle gefunden (s. Prichard, Darst. d. Aegypt. Mythologie S. 237 Anm. 2).   Uebrigens setzen auch die Talmudisten diesen Vogel, Chol oder Milcham genannt 1), ins Paradies, denn man als alle Thiere mit dem Adam und der Eva von der verbotenen Frucht gegessen hatten, war er der einzige, der nichts davon genoß und darum der Unsterblichkeit theilhaftig ward.   Etwas Aehnliches scheint in Syrien, Judäa und auf der Insel Delos die Verehrung der Taube bedeutet zu haben.   Aber auch die Perser und Araber hatten einen solchen unsterblichen Vogel, bei diesen Aanka, bei jenen Simurg 2) genannt, eine Art Geier, der dem Salomo zum Rathgeber diente, aber dessen Hof verließ, als er sich von ihm an Weisheit übertroffen sah, und seine Wohnung auf dem Gebirge Kaff, das nach Einigen auf einer Insel liegen soll 3), und zwar auf dem Baume Gogard auf-

1) S. Eisenmenger, Neuentd. Judenthum. Bd. I. S. 371. 829. 867 ff.

2) S. Dalberg in den Fundgr. d. Orients. Bd. I. S. 199 ff.

3) S. Hartmann, Aufklär. üb. Asien. Bd. I. S. 282. cf. Lane T. I. p. 22. 133.

schlug, jedoch den Menschen nicht sichtbar ist, obwohl er das Gute und Böse ihnen verkündigt. Gleichwohl zeigte dem bekannten Reisenden Della Balle [1]) zu Ispahan ein gewisser Mir Muhammed einen Schnabel, der von dem persisch Cocnos genannten Vogel Phönix herstammen sollte; aus diesem fertigte sich derselbe Handringe, um den Bogen damit spannen zu können, und diese schenkte er nachmals dem Schah Abbas. Er war rothgelb, dünn und rund und eine Spanne lang. Das Vaterland dieses Vogels, von dem sie aber mehrere Exemplare annehmen, der sich auch nach ihrer Meinung selbst verbrennen soll, setzen sie aber nicht nach Arabien, sondern nach Indien, wiewohl noch heute in Arabien im Lande der Genossen von Res ein Berg mit Namen Demch gezeigt und als Wohnung des Simurg beschrieben wird [2]). Sie beschreiben ihn als so groß, wie ein Adler, mit einem schweren, harten Kopf wie ein Pfau, einem harten Schnabel, emporstehenden Federn, die am Halse goldgelb, am Hinterleibe purpurfarben und im Schwanze bald roth bald wasserfarben seien. Die Türken scheinen dieselbe Sage zu kennen, denn Duseley [3]) theilt die Abbildung und Beschreibung eines solchen Wundervogels, Kerkas [4]) genannt, aus einer Handschrift mit, worin es heißt, daß derselbe 1000 Jahre alt werde, dann selbst das zu seiner Verbrennung nothwendige Material zusammensuche, sich verbrenne und aus der Asche abermals wieder auferstehe, um nochmals 1000 Jahre zu leben. Den Simurg setzen die Perser natürlich nach ihrem Vaterlande und natürlich in das nördliche Bactrien, das Vaterland der Wunder und Wunderthiere. Hier wohnt bekanntlich auch der berühmte Vogel Rokh oder Rukh, der in der 1001 Nacht eine so bedeutende Rolle spielt und ebenfalls gewöhnlich für gleichbedeutend mit dem Simurg angesehen wird, wahrscheinlich aber ohngefähr dasselbe ist, was sich die alten Griechen unter dem Greif vorstellten [5]). Auch der Vogel Tschamrosch oder Kamrosch (d. h. der Verbrenner) gehört hierher, welcher nach dem Bundehesch (XIX.) alle drei Jahre (Schaltjahre?) vom Gipfel des Weltberges Alborgi nach Iran herabkommt und die Felder fruchtbar macht. Aber auch die Inder haben einen solchen Vogel, Semendar genannt, der durch das Schwingen seiner Flügel das Feuer selbst entzündet, durch welches er verzehrt und verjüngt wird, vorher aber, gleich dem Schwane, eine Art Sterbelied anstimmt. Er hat einen dreifachen, ganz durchlöcherten Schnabel, aus seiner Asche entsteht ein Wurm und aus diesem wieder ein

---

1) S. Della Balle, Reisen in d. Morgenl. Bd. II. S. 116. Bd. III. S. 43. Fundgr. d. Orients. Bd. III. S. 306.

2) R. Hammer in d. Wien. Jahrb. Bd. 94. S. 139. b. Feledsch in Jemen.

3) Oriental. Collect. T. II. p. 64. Tab. p. 96.

4) Dies ist der Vogel Feriduns, der Hahn, und der Wächter desselben gegen Ahriman. S. Rothe, Zendsage S. 310.

5) S. Lane, The Thousand and one night. T. III. p. 90 sq.

Vogel (f. Cardan. de subtilit. L. X. p. 337). Aber auch die Chinesen haben eine solche Tradition von einem Vogel der Sonne, dessen Erscheinung nach ihrer Meinung ihrem Lande Glück bringe, und ein solcher soll sich unter dem Kaiser Tao Hao IV. haben sehen lassen [1]).

Nun ist aber die Abbildung des Phönix auf dem Mosaikfußboden von Präneste offenbar die eines Paradiesvogels [2]) und Plinius a. a. O. gesteht selbst ein, er habe einen solchen Vogel mit einem Paradiesvogel verwechselt, es wäre also gar nicht unmöglich, daß die ganze Sage wenigstens durch das von diesem Vogel und dem Phoenicopterus, der sich besonders in Lybien aufhalten soll (f. Heliodor. L. VI. ed. Koray T. I. p. 223) [3]) und den schon Aristophanes (Vögel V. 272) kannte, entstanden sei. Uebrigens wird auch noch der sogenannte Zimmtvogel, den die Alten κιναμωμος oder cinnamolgus (f. Dionys. Perieg. v. 944. Phile de propr. animal c. 27. p. 84. Ael. de N. Anim. II. 34. XVII. 21. Aristot. Hist. Anim. IX. 4, 2. Plin. H. N. X. 50. Salmas. Exercit. Plin. p. 283 sq. 391.) hier in Betracht kommen, weil dieser zuerst aus unbekannten Ländern den Zimmt nach Arabien gebracht haben soll. Noch möge es hinreichen, auf eine alte Erklärung hingewiesen zu haben, nach welcher der Phönix eine Art Hieroglyphe bedeuten solle und bezeichne, wie die Astronomie zuerst aus Phönicien nach den übrigen Ländern der Erde gekommen sei [4]). Daß endlich die symbolische Devisenspielerei auch an diesem Thiere ihre Rechnung fand, versteht sich von selbst [5]).

Sechstes Capitel.

Borametz, das Tartarische Baumlamm.

Der gelehrte Olearius in seiner Reisebeschreibung durch Rußland, die Tartarei und Persien (Itin. III. 2. p. 155.), mit dem übrigens auch Johann Struys, Reysen durch Italien, Griechland, Moscovyen, Tartarien, Medien, Persien, Ost-Indien (Amsterd. 1676.) bis auf den Namen, er nennt es Bonaret oder Bonaretz, über-

---

1) S. Martini Hist. Sinica b. Creuzer a. a. O. S. 439.

2) S. Shaw, Reisen durch die Barbarei und Levante S. 127. 369.

2) Einen solchen Phönix hatte wohl auch Heliogabalus im Sinne, als er seinen Spießgesellen einen als Delicatesse versprach (f. Lamprid. Heliog. c. 24.).

4) Rollenhagen, Glaubwürdige Lügen S. 218. Laurenberg Acerra philol. Cent. II. Hist. 17. Happel, Relat. Curios. Bd. I. S. 27.

5) S. v. d. Ketten, Apelles Symbol. I. p. 580 sq.

einstimmt, erzählt [1]), es gebe in der Europäischen Tartarei zwischen den Flüssen Don und Wolga eine Art Pflanze, die aus einem dem Melonensamen nicht unähnlichen Samen in einen starken Stengel von ohngefähr 3 Fuß Höhe aufschieße. Auf diesem wächst nun gleichsam mitten aufsitzend eine Art Frucht, Borametz genannt, welche ganz und gar wie ein Schaf aussieht, nur daß es statt der Hörner lange Haare hat, die aber an Gestalt den Hörnern gleichkommen. Uebrigens hat es, wie die Schafe, ein weiches Fell und dieses gebrauchen die Einwohner ganz wie die Schafwolle zu Kleidern. Wenn diese Frucht reif wird, d. h. auszuwachsen anfängt und ein rauches und krauses Fell bekommt, als sei es von krauser Schafwolle, dann beginnt der Stengel zu verfaulen, schneidet man aber in das Fleisch der Frucht, so läuft eine rothe, blutähnliche Flüssigkeit oder Saft heraus, und das Fleisch schmeckt, wenn man es kostet, süß und fast wie Krebs. Man erzählt nun aber, daß die Wölfe nach diesem Baumlamm ebenso begierig sind, wie nach den lebendigen Schafen. Auch sagt man, daß dieses Borametz alle um dasselbe befindlichen Kräuter nach und nach gleichsam aufzehre, und erst, wenn alle um ihn wachsende Pflanzen eingegangen seien, selbst aus Mangel an Nahrungsstoff verdorre und eingehe. Uebrigens lassen andere Berichte es nicht mitten aus jener Pflanze hervorwachsen, sondern mit seinen vier ungestalteten steifen Beinen gleichsam in den Erdboden eingewachsen sein [2]). Man weiß jedoch jetzt, daß zu dieser Fabel nichts als hier und da vorkommende sonderbare Verschlingungen und Verwachsungen eines gewissen Mooßes Veranlassung gewesen sei, was schon Carban (De rer. var. p. 120.) vermuthete. Vergleichen kann man hiermit die Sage bei Olaus Magnus (Hist. Septentr. XIV. 9.), daß in Schottland Gänse auf Bäumen wachsen (abgebildet b. S. Münster, Cosmographei F. LXIII. f. Suden, Gelehrter Criticus S. 702 ff. M. Maier, Tract. de volucri arborea absque patre et matre in insulis Orcadum forma anserculorum proveniente. Frcft. 1619. 8. Happel Bd. II. S. 8 ff.), in China aus Baumblättern Schwalben werden (f. Francisci Ind. Staats-Gard. S. 35.), auf Guadeloupe Austern an Bäumen wachsen (f. ebd. S. 608. Paullini I. S. 200 ff.), in Chili Schlangen (f. ebd. S. 54.) u. andern Unsinn (f. Happel I. S. 624 ff. III. S. 680.).

---

1) Weit älter ist jedoch das Zeugniß des Oderich von Pordenone aus dem 14. Jahrh. hierüber, bei Ramusio Viaggi T. II. p. 251., sowie das des Barons von Herberstein und Postels (b. Maier a. a. O. S. 69 ff.) und des Johann de Mandeville (Voiage. Lond. 1839. 8. c. 26. p. 264., wo eine Abbildung) f. a. Paullini Zeitv. Lust. II. S. 826 ff.

2) S. b. Abbildungen b. Happel, Rel. Curios. Bd. I. S. 95 ff., im Pfennigmagaz. 1837. Bd. V. S. 4. Ueberhaupt cf. Prätorius, Weltbeschr. Bd. II. S. 168 ff. Berckenmeyer, Verm. Curieufer Antiquarius S. 682. Atlas Minor T. II. p. 326. C. Ehrenbolds Gedanken S. 170.

81

Siebentes Capitel.

Vom Salamander.

Nachdem schon Aristoteles in der Thiergeschichte (V. 19.) den Satz aufgestellt hatte, daß Thiere existiren, welche vom Feuer nicht verbrannt würden, unter diese aber der Salamander gehöre, der von selbst ins Feuer gehe und daßelbe aus= löſche, ging Aelian in seinem Buche über die Natur der Thiere noch viel weiter, indem er (II. 31.) Folgendes von ihm zu erzählen weiß. Es heißt da: „Obgleich der Salamander keins von denjenigen Thieren ist, die aus dem Feuer selbst ent= stehen, wie die Pyrigonen, so wagt er doch gegen daßelbe zu gehen, und indem er gegen die Flamme anrückt, rüstet er sich, dieselbe wie einen Feind zu be= kämpfen. Einen Beweis davon liefern diejenigen Handwerker, die im Feuer ar= beiten. Denn so lange nach dem Leuchten der Flamme das Feuer zu brennen und sie bei ihrer Beschäftigung zu unterstützen scheint, bekümmern sie sich um das Thier nicht, sobald aber das Feuer verschwindet und verlöscht und die Bälge vergeblich blasen, dann sehen sie wohl ein, daß ihnen das Thier im Wege sei, darum suchen sie es, und wenn sie es entdeckt haben, tödten sie es, dann aber entzündet sich das Feuer wieder, und dafern man es nur gehörig unterhält, hilft es zum Arbeiten wie zuvor." Noch weiter geht Plinius in der Naturgeschichte (X. 67.), indem er sagt, der Salamander sei so kalt, daß er das Feuer wie ein Stück Eis auslöſche. Spätere Schriftsteller, wie der Dichter Phile (c. 17.), Augustin (de civitate Dei. XXI. 4.) und der Scholiast zum Nicander (Alexiphorm. 537. [550.]) haben die Fabel noch weiter ausgemalt. Obgleich nun aber schon Galen (de Temper. III. c. 4.) sagt, daß der Salamander dem Feuer nur eine Zeit lang zu widerstehen vermöge, und wenn er lange darin bleibe, eben so gut wie jedes Andere verbrenne, und Dioscorides (II. 56.) schon behauptet, daß Alles Erdichtung sei, so hat man doch besonders im Mittelalter fest an dieser Fabel gehalten und das Bild dieses im Feuer nicht verbrennlichen Thieres als Devise und Emblem häufig angewendet 1). Die Dichter, z. B. der Titurell (c. XL. 341.) laßen gar von den Salamandern Goldstoffe weben 2) und Marco Polo (c. 45. d. lat. Ueb. u. in d. deutsch. v. Bürk I. 38.) sagt, es werde zu Rom ein Tuch aufbe= wahrt aus demselben Stoffe, woraus der Salamander, von einem Tartarischen Prinzen dem Papste zum Geschenk gemacht (offenbar Verwechslung mit dem Asbest), und daß natürlich daßelbe Thier im Alexanderbuche vorkommt, versteht sich von

---

1) S. Happel, Relat. Curios. Bd. III. S. 686 ff.

2) S. Beneke, Anmerk. z. Wigalois v. 7435. p. 470 sq.

selbst [1]). Hier wird dieses Thier als eine Eidechse beschrieben, die einen Körper wie ein Schmiedeblasebalg und einen sehr langen Schwanz habe, und gesagt, es werfe aus seinem Hintertheile eine stinkende Feuchtigkeit aus, welche unauslöschliche Flecken auf Allem, was es treffe, mache. Hieraus ist wohl die Sage entstanden, welche Brunetto Latini im Tesoro (V. 7.) von dem tödtlichen Gifte desselben mittheilt. Nun berichtet aber Alexander Guagnini von Verona, der in Livland im Schlosse Witebsko als Offizier diente, in seiner Moscowitischen Beschreibung (S. 170.), daß in dem Moscowitischen Lappland sehr hohe Berge existiren, welche wie der Aetna Feuer und Rauch ausstießen. In diesen sollten nun die Salamander leben, im Feuer, gerade wie die Fische im Wasser. S. Münster, Cosmographei Fol. MCCCCXXV., sagt von ihm: „Im land Chinchital ist ein berg, darin grebt man stahel, vnd da findet man auch die schlang Salamandra genennt, die im feür on schadenn oder verletzung leben mag. Man braucht diese schlang zu ettlichen tucheren, vnd die werden so werhafft daruon, das sie in keinem feür mögen verbrennenn, sunder so sie vnsauber werden, wirfft man sie ein stund in das feür, vnd nimpt sie sauber, als weren sie gewäschen, on verletzung wider darauß." Uebrigens scheint man durchaus nicht recht gewußt zu haben, wie eigentlich der Salamander gestaltet sei, denn als Angelo Vergetio unter Franz I. seine kostbare, in der Pariser Bibliothek aufbewahrte Handschrift des Phile, an deren Rand bekanntlich seine Tochter die Gestalten der betreffenden Thiere nach der Natur malte, fertigte, schrieb er beim Salamander an die Seite, er habe diesen weggelassen, weil er kein Exemplar habe erhalten können [2]). Indessen giebt das Journal d. Savans v. J. 1667. S. 94. [3]) eine Beschreibung der mit einem aus Indien gekommenen Salamander angestellten Versuche. Man legte ihn auf ein starkes Kohlenfeuer, da blähte sich der Körper auf und es kam aus demselben eine Flüssigkeit, welche die Kohlen auslöschte: man brannte sie wieder an und der Salamander löschte sie innerhalb 2 Stunden mehrmals wieder aus, dann nahm ihn weg und er lebte noch neun Monate. Auch Bartholin [4]) erzählt von einem ähnlichen Versuche (demselben), dem er selbst in dem Hause des Fr. Corvinus beigewohnt, woselbst ein Salamander zwei Stunden lang durch das Auswerfen einer Flüssigkeit der Hitze des Feuers, in welches er gelegt worden sei, widerstanden habe, und zwar endlich gestorben, aber nicht vom Feuer verzehrt worden sei. H. Cardanus (De subtilit. L. IX. p. 279.) fügt zu der gewöhnlichen Fabel von der Unverbrennlichkeit dieses Thieres noch hinzu, daß es, nach-

---

1) S. Berger de Xivrey, Tradit. Tératol. p. 457.

2) S. Berger de Xivrey a. a. O. p. 75 sp. Münster a. a. O. bildet ihn aber ab.

3) Happel, Curios. Relat. I. Continuation S. 26 ff.

4) Observ. anat. Cent. II. nr. 50.

dem es durch seinen Saft das Feuer ausgelöscht, in der Mitte sich in zwei Theile spalte, deren einer vor-, der andere rückwärts sich fortbewege. Der bekannte Smith in seiner Reise nach Guinea (S. 256.) erzählt, wie er in Guinea einen Salamander auf einem Steine liegen sah, der von der Sonnenhitze so heiß geworden war, daß man ihn nicht in der Hand halten konnte, daß aber das Thier nichtsdestoweniger sich so kalt wie ein Frosch anfühlen ließ, und der Reisende Bosman [1]) will ebenfalls oft gesehen haben, wie der Salamander ganz unversehrt im Feuer lebte. Indessen weiß man jetzt, daß dieses ganz unschädliche Thierchen (lacerta salamandra), welches wir unter dem Namen Molch kennen, durch die an den Seiten seines dicken Leibes befindlichen Warzen, aus denen sich, wenn es sich in Gefahr glaubt, ein dicker milchähnlicher Schleim absondert, zu der Fabel Veranlassung gegeben hat, weil eben diese Feuchtigkeit allerdings wohl für einige Zeit die Wirkung des Feuers aufhalten, niemals aber gänzlich paralysiren kann [2]). Uebrigens ist natürlich auf dieselbe Fabel auch die Annahme der Cabalisten [3]) zurückzuführen, nach welcher gewisse Elementargeister, welche sie Salamander oder Vulcane nennen, in der Region des Feuers wohnen sollen, Wesen von sehr langer Lebensdauer, welche zwar den Weisen dienstbar sind, ihre Gesellschaft aber nicht suchen, und deren Frauen und Töchter sich nur sehr selten sehen lassen. Wie gesagt hat sich auch die Devisenspielerei dieses Thieres bemächtigt (s. von der Ketten, Apelles Symbolicus. T. 1. p. 768 sq.) und besonders wählte es Franz I. von Frankreich zu seinem Emblem (s. Paradin, Symb. her. p. 19. Millin, Dict. des beaux arts. T. III. p. 475). Zur ältern Literatur s. B. Hopfer, De pyrausta et salamandra. Lips. 1662. 4. J. P. Wurffbain, Salamandrologia. Norib. 1683. 4. Car. Lancellottus, Brennender Salamander. Lübeck 1697. 8. Albert der Große, Abhandlung von denen Undenen, Sylphen, Gnomen, Erdmännlein, Salamandern und andern Elementargeistern. Basel 1500. 8. Ueber Sylphen, Gnomen, Salamander und Ondinen. Einige Gespräche. Weißenf. u. Lpzg. 1793. 8.

1) Beschreibung von Guinea S. 256.

2) S. Camus, Notes sur l'hist. des animaux d'Aristot. p. 738. Cuvier, Tabl. élém. de l'hist. nat. des anim. p. 292.

3) S. Petit Albert p. 79 sq. Danhauer, Refutat. Pracadam. p. 7. Conring, Hermet. Medic. c. 23. p. 326.

84

Achtes Capitel.

Der Schwan.

Es ist eine alte Gewohnheit der Griechen und Römer, die Dichter mit Schwänen zu vergleichen: darum berichtet schon Plato [1]), die Seele des Orpheus habe sich das Leben eines Schwanes gewählt, die des Thamyris aber das einer Nachtigall, und aus demselben Grunde läßt sich der von seiner Phantasie fortgerissene Horaz in einen Schwan verwandeln (Od. II. 20.). Ueberhaupt fehlt es an Stellen der Alten nicht, welche alle darin übereinkommen, dem Schwan einen wunderschönen Gesang beizulegen, und gleichwohl wissen wir doch heut zu Tage nichts davon. Aelian in der Thiergeschichte (II. 32.), der doch sonst nicht gerade allzu ungläubig ist, spottet jedoch schon darüber, denn er sagt: „Ich kann nicht sagen, wie es sich mit seinem Gesange und Liebe verhält, indeß ist es von langer Zeit an geglaubt worden, daß, wenn er sein sogenanntes Schwanenlied gesungen hat, er sodann stirbt. Die Natur ehrt ihn also bei weitem mehr als die guten und redlichen Menschen; denn diese loben und beweinen Andere, diese aber, sei es nun Lob oder Trauer, ertheilen sich es selbst." Etwas weitläufiger spricht er an einer andern Stelle (V. 34.) sich über denselben Gegenstand aus. Er sagt nämlich: „Der Schwan hat in der Hauptsache viel vor den Menschen voraus, denn er weiß es, wenn das Ende seines Lebens da ist und hat von der Natur dies als das herrlichste Geschenk erhalten, daß er den Tod, wenn er zu ihm tritt, wohlgemuth erträgt. Er hat die Ueberzeugung, daß derselbe nichts Trauriges oder Unangenehmes hat, die Menschen aber fürchten sich deswegen, was sie nicht wissen, und halten es für das größte Uebel. Der Schwan hat aber so viel guten Muth dabei, daß er bei dem Wendepunkte seines Lebens noch eine Art Sterbelied singt und anhebt, indem er entweder ein Loblied auf die Götter oder einen Lobgesang auf sich selbst mit sich auf die Reise nimmt. Auch bezeugt Sokrates, daß er nicht vor Trauer singt, sondern vielmehr vor Freude [2]), denn da er in seiner Seele keinen Schmerz oder Traurigkeit empfinde, singe er sein Lied auch ohne Unterlaß unausgesetzt fort." An einer dritten Stelle fügt derselbe Schriftsteller noch hinzu (X. 36.): „Ich sprach schon weiter oben von den Schwänen, hier aber soll noch etwas erwähnt werden, was ich früher nicht gesagt hatte.

---

[1]) De republ X. p. 620. A.

[2]) Dies läßt Plato (Phaedon c. 36. p. 60. ed. Wytt.) den sterbenden Sokrates noch weiter ausführen, und auf denselben Satz dieses Philosophen bezieht sich auch Cic. Tusc. Qu. I. 59. Andere Stellen bei Bonifacii Historia Ludicra XVII. 2. XIII. 2.

Aristoteles sagt, daß in dem Libyschen Meere einst eine Heerde Schwäne erschienen sei, und man habe von ihnen eine Art harmonischen Chorgesang anstimmen hören, sehr lieblich, aber klagend, und die Zuhörer seien zur Trauer gestimmt worden, und es sollen einige von ihnen über dem Gesange gestorben sein. Nun ist aber der Schwan ein Freund der Quellen, Teiche und Seen, und wo nur überhaupt Zufluß und Ueberfluß von Gewässern ist, dort sagen nun die Sachverständigen, daß der Schwan seine Lieder ausdenke und einübe." Außerdem berichtet derselbe Aelian noch (XI. 1.) nach dem Hecatáus von Milet, daß bei den Hyperboreern, wenn die Priester derselben mit Gesang und Musik das Fest des Apollo zu begehen pflegen, von allen Seiten Schwäne herbeikommen und ihre Lieder und Stimmen mit denen der Priester zum Preise des Gottes verbinden. Lucian, der in seinem Buche über den Bernstein oder die Schwäne [1]) seine angebliche Reise durch Italien erwähnt, sagt, er habe die Schiffer des Po gefragt, ob es wahr sei, daß die menschlichen Begleiter des Apollo hier in diese Vögel verwandelt worden seien, und weil sie früher des Gesanges kundig gewesen seien, auch in dieser Gestalt diese Kunst noch bewahrten; jene aber hätten gelacht und gesagt, sie hätten seit ihrer Kindheit erstlich nur wenig Schwäne hier bemerkt, zweitens aber hätten diese ein so häßliches Gekrächze hören lassen, daß Raben und Krähen im Vergleich mit ihnen Sirenen genannt werden könnten, singen aber hätten sie dieselben auch nicht einmal im Traume gehört. Plinius glaubte ebenfalls nicht an diese Sage, denn er sagt (X. 32.): Olorum morte narratur flebilis cantus (falso ut arbitror) aliquot experimentis.

Aus dieser Sage erklärt es sich übrigens auch, warum Schwäne den Wagen des Apollo (Plut. Mus. 44.) ziehen, wenn aber Venus bald auf einem Schwan reitend [2]), bald von Schwänen auf einem Wagen gezogen dargestellt wird (Hor. Od. IV. 1, 10. Stat. Epithal. Stell. 143.), so bezieht sich das jedenfalls auf die bekannte Verwandlung des Jupiter in einen Schwan, als er die Leda befruchtete, oder daß Venus, die aus Schaum Geborne, auch Wasservögel zum Fahren gebrauchen mußte. Man kann jedoch, da Apollo nicht blos der Gott der Dichtkunst, sondern auch der Weissagung ist, annehmen, daß der Schwan zum Weissagevogel wird, und als solcher erscheint er in der nordischen Mythologie, denn schon Fridlew vernimmt bei Saro Grammatikus (VI. p. 266.) in der Nacht aus der Luft den Ton dreier oben schreiender Schwäne, die ihm weissagen und einen Gürtel mit Runen herabfallen lassen. Auch die Walkyrien, die Schicksalsgöttinnen der Nordischen Mythologie, nehmen zuweilen die Gestalt eines Schwanes an, wie denn in der Völundar Qvida gesagt wird, drei solcher Frauen hätten am

---

1) T. VII. p. 319 sq. ed. Bip.
2) S. Creuzer, Symb. Bd. II. S. 616. Böttiger Kl. Schr. II. S. 185 ff.

Strand gefeffen, Flachs gefponnen und neben sich ihr Schwanhemd gehabt, um gleich wieder als Schwäne fortfliegen zu können, und in der Hromundarsaga wird eine gewisse Zauberin Kara oder Lara erwähnt, die singend in Schwanengestalt über den Söhnen Greips schwebte und sie beschützte [1]). Indessen hat man dieses Tragen der Schwangestalt von Seiten der Walkyrien auch blos von der Fähigkeit ihrer schnellen, überall durchdringenden Bewegung verstanden [2]) oder blos auf ihre Bedeutsamkeit als Wassergottheiten bezogen. Allein in der deutschen Sage kommt der Schwan mehrmals als weissagend vor [3]), und so soll denn derselbe nicht blos, wenn er zahlreich kommt, Glück verkündend sein [4]), sondern wenn er einen Ring aus dem Schnabel fallen lasse, den Weltuntergang anzeigen [5]).

Da nun diese Annahme von den singenden Schwänen auch im Mittelalter allgemein angenommen ward, so hat zuerst der berühmte Naturforscher Aldrovandi (Ornithol. XIX. 1. 3. 4. 5.) eine anatomische Untersuchung des Halses, der Kehle und Stimmwerkzeuge des Schwanes vorgenommen und gefunden, daß allerdings die Möglichkeit einer Gesangfertigkeit aus dieser hervorgeht. Er führt hierauf die Zeugnisse des Federico Pendosi und Georges Brown an, von denen Ersterer behauptet, einst als er auf dem See bei Mantua spazieren gefahren, habe er den Gesang der Schwäne gehört, Letzterer aber dasselbe Phänomen bei London beobachtet zu haben versicherte, indem hier Schaaren von Schwänen den Schiffen entgegenflögen und ihnen gleichsam Glück wegen ihrer Rückkehr mit Gesang wünschten. Der bekannte Englische Naturforscher Willoughby leugnet die letztere Beobachtung geradezu (Ornithol. L. III. c. 2.), fügt aber hinzu, der Name hooper, den bei ihnen der wilde Schwan führe, deute allerdings auf einen scharfen Laut hin, den sie von sich gäben, und der Englische Naturforscher Rav, der einen solchen wilden Schwan secirte, fand allerdings auch bei diesem in seinen Stimmwerkzeugen die zu einem derartige Gesange nothwendige Fähigkeit. Nun berichtet aber auch der berühmte Olaus Worm (Mus. Worm. III. 19.), daß er von einem Norweger, Namens Johann Rostorf, gehört habe, wie dieser eines Morgens in einer kleinen Bucht seines Vaterlandes einen angenehmen, pfeifenden Gesang gehört und sich durch den Augenschein überzeugt habe, daß derselbe von einer großen Anzahl dort versammelter Schwäne ausgegangen sei. So versichert aber Mauduit (Notes zu Pline Hist. nat. Trad. nouv. d'Ajasson de Grandsagne. Paris 1830.

---

1) S. Fornald. Sögur T. II. p. 374.
2) S. Frauer, Die Walkyrien. Weim. 1846. S. 55. Nork, Mythol. d. Sagen S. 526 ff.
3) S. Grimm, Deutsche Myth. S. 400.
4) S. Curiositäten Bd. VIII. 4. S. 369 ff.
5) S. Gottschalck, Deutsche Sagen. Halle 1814. S. 227.

T. VII. p. 385 sq.), daß zu Chantilly 1769 ein Paar wilde Schwäne sich nieder=
gelassen hätten, die eine Art Gesang hören ließen, der dem Geschrei des Pfaues
ähnlich, aber dennoch dem Ohr angenehm war. Mauduit hörte diesen Ge=
sang selbst im Monat Juli, erfuhr aber, daß sie ihn früh und Abends ertönen
ließen, daß er aber im Frühjahre, wo sie sich zu begatten pflegten, am wohl=
klingendsten sei. Fragt man nun, welches das Vaterland der wilden Schwäne
sei, so hat man an Corsika gedacht, allein da jedenfalls dieselben zu den Zug=
vögeln gehören und es nicht wahrscheinlich ist, daß sie die warmen Länder ver=
lassen, um den Winter in kalten hinzubringen, so dürfte die Ansicht Mauduit's,
daß Norwegen ihr Vaterland sei, um so eher Gewicht erlangen, als auch der
Herr von Troil (Lettres sur Islande p. 130.) versichert, daß sie Island bewoh=
nen und ihr Gesang in den finstersten und kältesten Winternächten daselbst am
angenehmsten sei. Hieraus folgt also, daß es zwei Arten Schwäne giebt, wilde
und zahme, daß das Vaterland der erstern der Norden ist und daß sie wirklich
singen können, wie dies an den in der Menagerie von Chantilly bewahrten öfters
wahrgenommen worden ist, daß also die häufigen Anspielungen der Alten auf
ihren Gesang keine Fabeln sind, wenn sie auch, vielleicht allein Aristoteles ausge=
nommen (de anim. I. 4. VII. 12.), den Unterschied zwischen wilden und zahmen
Schwänen nicht kannten und das Accidens von ihrem Gesange vor dem Tode (Oppian. de venat. II. v. 547.) allerdings erdichtet sein mag. Daß endlich der singende
Schwan auf den Devisen des Mittelalters eine Rolle spielt, kann man sich denken
(s. v. d. Ketten, Apelles Symbolicus I. p. 539 sq.) — Zur Literatur s. Th. Bartholin. Cygni anatome ejusque cantus. Hafn. 1650. 4.; not. quibd. auct. ed. a
C. Bartholin. ib. 1668. 4. Morin in den Mém. de l'acad. d. inscr. T. V. p. 207 sq.
Mauduit a. a. O. S. 379—398. Mongez, Mémoire sur les cygnes qui chan-
tent. Paris 1783. 8. Happel Bd. III. S. 695 ff. Paullini Bd. III. S. 830 ff.

Neuntes Capitel.

Der Vogel Greif.

Was den Vogel Greif[1]) angeht, so haben über ihn die Alten Vieles ge=
fabelt und schon Pausanias (I. 24, 6. VII. 2, 3) und Aelian in seiner Thiergeschichte

---

1) Früher hielt man Köpfe fossiler Rhinocerosarten für Köpfe von Greifen und die Hörner
des Nashorns für seine Klauen, s. Fischer de Waldheim, sur le Gryphus antiquitatis. Moskau
1836. 4. Geinitz, Versteinerungskunde, Dresden 1846 S. 43.

(IV. 26) erzählen dem Ctesias nach, der Greif sei ein vierfüßiges indisches Thier, Füße und Klauen desselben seien denen des Löwen ähnlich, auf dem Rücken befänden sich Flügel, sein Vordertheil sei roth, die Flügel weiß, der Hals blau, Kopf und Schnabel aber dem Adler ähnlich, er niste auf Bergen und wohne in Wüsten, wo er das Gold hüte. Letzteres erzählen auch noch mehrere andere alte Schriftsteller, sogar Herodot (III. 116. IV. 13) kennt ihn schon als Goldhüter [1]. Auch im Mittelalter hat man viel über sie gefabelt, und der alte Dichter Hugo v. Trymberg in seinem Renner (um 1300) B. 19352 ff. besingt sie also:

> Wer künde großer Wunder begreiffen
> Mit kleinen Worten dann an den greiffen
> An den die hohes Gottes wirdigkeyt
> Besonder Wunder hat gelext (d. h. gelegt)
> Daß zwee künige offenbar
> Hynden Löwe vorn Adelar
> Gemischet seyn in einer Häute
> Das mag wol wundern alle Leute.
> Sie seiendt stark und auch so groß
> Das wenig thier seind ir genoß (d. h. ihres Gleichen)
> Darumb füren sie auch spade und frü
> Lieber größer speise iren Jungen zů
> Dann (die als) Maisen, Sparren und Küniglein (Sperlinge und Zaunkönige)
> Gelobt müße der Schöpfer seyn
> Der kleine Vögelein hat gegeben
> So großen Greifen das sie leben [2].

[S. Münster Cosmographei (Basel 1561. Fol.) f. MCCCXCVIII.: giebt eine Abbildung.]

Dergleichen Thiere sollen sich nun im gelben Meere sehen lassen, und Benjamin von Tudela, der bekannte jüdische Reisende im 12. Jahrhundert, erzählt: da, wie schon ein altes Buch von dem Lande des fabelhaften Priester Johann in altfranzösischer Sprache berichtet [3], diese Vögel ihren Jungen ganze Ochsen zu Neste trügen, so führen die Schiffer, ehe sie sich auf den Weg nach China machen, große hermetisch verschlossene, in Gestalt von Rindern aufgeblasene Schläuche mit

---

1) S. die Stellen bei Nork, Mythol. Lex. Bd. I. S. 127 ff. Voß, Ursprung der Greife, in der Jen. Lit. Z. 1804. Bochart, Hierozoic. P. II. L. VI. c. 11. p. 811. B. de Xivrey a. a. O. p. 485 sq. Spanheim. de Praest. num. V. p. 270. Eckhel. D. N. T. I. p. 356.

2) Nork, Myth. d. V. S. 1032. leitet Städtenamen, wie z. B. Greifswalde, von dem Worte „Greif" ab. Es kommt aber von Grippi, Grifones ꝛc., wie man im Mittelalter die Seeräuber nannte, wahrscheinlich von „zugreifen" her. — Von dem Siege über einen solchen Greif erhielt das Städtchen Greifenberg in Schlesien seinen Namen, und der Sieger, ein Schäfer Gottsche Schof, ward der Ahnherr der berühmten Schafgottsche (s. Göbsche, Schles. Sagenschatz S. 223 ff.).

3) Steht bei Denis, le monde enchanté. Paris 1843. 12. p. 188.

fich, welche fie, wenn ihre Schiffe scheitern, besteigen und von den durch die Form getäuschten Greifen gepackt durch die Wolken getragen und auf irgend einem Berge oder einer Einöde niedergesetzt werden, wo sie dann das Ungeheuer mit Hilfe eines zu diesem Ende mitgebrachten Schwertes unversehens angreifen und tödten[1]). Sir John Mandeville (Voiage. Lond. 1839. c. 25. p. 269.) sagt, er sei größer als 8 Löwen zusammen und so stark als 100 Adler, und was andere Lügen mehr sind. Auf dieselbe Weise läßt sich auch der Herzog Ernst im alten Volksbuche mit dem Grafen Wetzelo in Ochsenhäute genäht von einem Greifen durch die Luft transportiren[2]). Zur Zeit (um 1415) des Verfassers eines in altfranzösischer Sprache geschriebenen Prosawerkes von Alexander dem Großen, der dem Greif ein ganzes Capitel widmet, hing zu St. Denis in der Capelle, wo die Könige von Frankreich die Messe zu hören pflegten, die Kralle eines solchen Greifen, welche angeblich ein Ritter demselben abgehauen hatte[3]), und der berühmte Cardan[4]), der übrigens die ganze Sage von den Greifen bezweifelt (a. a. O. S. 156), erzählt, daß er dieselbe noch zu St. Denis gesehen habe. Eine ähnliche Klaue von dem Greife, der Heinrich den Löwen über's Meer trug, soll in der St. Blasienkirche zu Braunschweig sein[5]). Aus andern machte man angeblich im Mittelalter Trinkgefäße (s. d. z. B. in d. Hist. Mus. zu Dresden, s. Millin a. a. O. S. 787. Halliwell Anm. zu J. Maundevile c. 25. p. 269). Es kann kaum einem Zweifel unterliegen, daß diese Fabeln aus dem Oriente nach Europa gekommen sind und sich auf die Sagen gründen, welche dort von dem Vogel Anka oder Simurgh oder dem Rokh, den wir ja Alle aus der 1001 Nacht und den Reisen Sindbads des Seefahrers kennen, entstanden ist. Als der bekannte Reisende Marco Polo nach Madagascar kam, hörte er daselbst, daß zuweilen sich dort ein großer, einem Adler ähnlicher Vogel, Ruch genannt, sehen lasse, der einen Elephanten mit sich in die Luft nehmen könne, und als er fragte, ob denn dieser Vogel vielleicht der Greif sei, wie man ihn auf Bildern sehe, halb Vogel, halb Löwe, hörte er, dies sei nicht der Fall, sondern seine Gestalt sei ganz die eines Vogels[6]). Damit stimmt auch die Abbildung überein, die Lane in seiner Uebersetzung der 1001 Nacht nach einer alten persischen Handschrift ge-

---

1) Itiner. Lugd. B. 1633. 32. p. 197 sq. s. Denis a. a. O. p. 36.

2) S. v. d. Hagen, deutsche Ged. d. Mittelalt. Bd. 2. Herz. Ernst S. XIII. Uebrigens weist v. d. Ketten, Apelles Symbol. T. I. p. 556 merkwürdiger Weise ihn nur auf einer einzigen Devise nach, während er auf antiken Münzen und Bildwerken häufig ist (s. Millin, Dict. d. beaux arts. T. I. p. 788 sq.).

3) S. Berger de Xivrey, Traditions tératologiques. Paris 1836. 8. p. 484 sq.

4) De rerum varietate, Basil. 1557. p. 677.

5) S. Eckhardt, Comm. de reb. Franc. orient. T. II. p. 521.

6) Die Reisen d. M. Polo, übers. v. Bürk. Lpzg. 1815. Buch III. c. 36. S. 576 ff.

90

geben hat. Spätere Reisende, wie Pigasetta, stimmen damit ziemlich überein und Letzterer, der ihn Garuda nennt, sagt, sein Brüteort sei auf einer Insel des Meerbusens von China [1]). Wahrscheinlich ist damit der Condor gemeint [2]), von dem der bekannte Bischof Heber zu Dagra ein Exemplar sah, das 13 Fuß mit ausgespannten Flügeln maß. Noch mehr mochte die Größe desselben nach der Entdeckung der neuen Welt übertrieben worden sein, denn darum nahm ihn auch Kaiser Maximilian I. als Sinnbild seiner Macht in sein Wappen auf [3]). In Schweden bekam von einem solchen Ungethüm, in welches sich ein Berggeist verwandelt hatte, ein Berg den Namen Geierhügel (s. Afzelius, Schw. Volkssagen III. S. 194 ff.). Darum haben in neuerer Zeit die Besitzer einzelner naturhistorischer Museen gewöhnliche Lämmergeier Greife genannt, Cuvier [4]) aber hat nach Roulin behauptet, der Fabel vom Greif liege nicht ein Vogel, sondern eine ungenaue Kenntniß des orientalischen Tapirs zum Grunde, was jedoch schon der Alten wegen unwahrscheinlich ist [5]). Auch Rauwolf, Beschreib. s. Reyß (Frkft. a. M. 1582. 4.) Bd. II. S. 84. giebt eine Beschreibung dieses Thieres nach dem Berichte eines Persers, Schott endlich (Physica Cur. IX. 4. p. 997 sq.) war ebenfalls schon sicher, daß wirkliche Vögel mit Greifen identificirt wurden.

Zehntes Capitel.

Die Rose von Jericho.

Es ist noch im Jahre 1847 in einem zu Dresden befindlichen Kunstkabinet ein Exemplar dieses merkwürdigen Gewächses in der Blüthe zu sehen gewesen und dann für ein zweites eine Summe von 8 Louis'dor, so es Jemand besitze und verkaufen wolle, offerirt worden. Es dürfte nicht uninteressant sein, Einiges über diese Pflanze zu bemerken. Wir sprechen nun aber weder von den wirklichen Rosen, welche sich nach den Worten des Jesus Sirach (XXIV. 18.): „ich bin aufgewachsen, wie ein Palmbaum am Wasser und wie die Rosenstöcke, so man

----

1) S. Bürck, Magallan. S. 279.

2) S. E. W. Lane, The thousand and one nights. Lond. 1841. T. III. p. 90 sq.

3) S. Dobeneck, d. deutsch. Mittelalt. Volksglauben. Berl. 1815. I. S. 199 ff.

4) Annal. de Scienc. nat. T. XVIII. 1829. Mai p. 111.

5) Auch der 1845 in zahlreichen Knochenüberresten in Neuholland aufgefundene und schon in einigen vollständig zusammengesetzten Skeletexemplaren in London aufgestellte 40 Fuß hohe Vogel einer frühern Weltepoche kann mit der Sage vom „Greif" nicht zusammenhängen. Denn derselbe gehört allen Berichten zufolge einem straußähnlichen Geschlechte an und konnte nicht fliegen. Mehreres Aehnliche im Magaz. f. d. Lit. d. Ausl. 1846. Nr. 14. S. 58. 1845. Nr. 55. S. 220.

zu Jericho erziehet" [1]) bei Jericho finden und noch heute im Dorfe St. Johann in der Wüste gleiches Namens in ziemlicher Anzahl vorkommen follen, noch von dem Geißblatte, dem zuweilen [2]) der Name der Rose von Jericho ertheilt wird. Die Pflanze vielmehr, von der hier die Rede fein muß und die Linné in die erste Ordnung Siliculosa der XV. Classe Tetradynamia setzt, wird Anastatica (b. h. die Wiederaufstehende) Hierochuntica, auch Thlaspi Rosa de Jericho, Rosa Hierosolymitana, Rosa sanctae Mariae, von den Franzofen Jéroso und von dem Volke bei uns Weihnachtsrose genannt. Sie hat nicht die mindeste Aehnlichkeit mit einer Rose. Diese Pflanze wächst aber in Arabien und bildet keinen eigentlichen Strauch, sondern aus einer einen Mittelfinger langen Wurzel sprossen auf einmal mehrere 4—8 Zoll hohe holzartige Stengel aus der Erde, die sich in mehrere sparrige Zweige theilen, welche mit wenigen länglich zugestumpften Blättern besetzt sind. Die Blumenähren zeigen sich in den Blattwinkeln, sind aber sehr kurz und die Blumen selbst sind klein, erst röthlich, dann grünlichgelb, und nach und nach gehen sie ganz in's Weiße über. In der Blüthe stehend gleicht diese Pflanze einigermaaßen dem Hollunderstrauch, ist aber völlig geruchlos. Ist sie verblüht, so fallen Blätter und Blüthen ab und es bleiben nur einige eckige, stachlige Schötchen mit Samenkörnern, welche selbst bei uns dergleichen liefern. Der reife Fruchtbüschel kehrt seine Aeste nach Innen; die Form ist bogenförmig und das Ganze einem Ballen ähnlich, an dem eine Wurzel hängt. Steht die Pflanze im Lande, so sind die verschiedenen Aeste während der Hitze und dürren Jahreszeit geschlossen, öffnen sich aber wieder, wenn Regen kommt und dadurch der Boden feucht wird. Anfangs sind die Stengel weiß, ist aber der Strauch dürr und über ein Jahr alt, so werden sie dunkelfarbig [3]). Diese Pflanze verdirbt nun aber nie, noch verfault sie. Man kann sie ganz aus der Erde nehmen oder abbrechen, sie hält sich unter allen Umständen. Setzt man die dürre und geschlossene Pflanze in's Wasser, so öffnet sie sich nach und nach, schließt sich aber wieder, sobald man sie herausnimmt. Wie lange man diesen Versuch an einem Exemplar machen kann, geht daraus hervor, daß man eine dieser zur Zeit der Kreuzzüge nach Europa gebrachten und als Reliquie aufbe-

1) ὡς φυτὰ ῥόδον ἐν Ἰεριχῷ; f. a. Rosenmüller, Bibl. Naturgesch. Lpz. 1830. Bd. I. S. 143 ff.; Linné, Hortus Clifford. Amst. 1737. p. 328; Prael. ed. Gis. p. 483 sq.; Opera. Lips. 1835. Vol. II. p. 623 sq. nr. 4665.

2) Nach Tabernämontanus S. 1301. A. zu Nürnberg

3) Hinter Heß u. a. W. findet man eine nach der Natur gezeichnete und ausgemalte Abbildung der blühenden — dürren und zusammengerollten — und im Wasser wieder aufgegangenen Rose von Jericho. Auch C. van Bruyn brachte von feinen Reisen einige solche Rosen aus Palästina mit und bildete (Reizen. Delft. 1698. Fol.) sie (Taf. 148) besser ab, als man sie in Dapper's Palästina (S. 120) sieht.

wahrten Rosen nach 700 Jahren in's Wasser setzte und sie sich ebenso öffnen sah, als sei sie eine ganz junge frische Pflanze [1]).

Früher hat man nun diese Pflanze für eine Art Wunder gehalten; denn die Pilgrime [2]), welche nach dem heiligen Grabe zogen, erzählten, sie wachse in der Wüste an allen den Orten, welche Maria auf ihrer Flucht nach Egypten berührt habe. Darum zog man sie früher auch häufiger, als es jetzt geschieht, in den Ziergärten, jedoch wird sie bei uns nie so stark und holzartig wie im Orient.

Man trieb nun aber ehedem auch mancherlei Betrug mit ihr; denn die Einwohner der Gegenden, wo sie wächst, verkauften sie den Kreuzfahrern und Pilgern sehr theuer, indem sie ihnen versicherten, sie sollten dieselbe, wenn sie sich nicht ein Unglück zuziehen wollten, nie anders als zur Christnacht in's Wasser setzen, dann werde sie ihnen aber die Zukunft verkünden. Indessen hat schon [3]) Dr. Jacobus Theodorus Tabernámontanus in seinem Kräuterbuche (1588), wo er auch drei Abbildungen der blühenden und in einen Knäuel zusammengerollten Pflanze giebt, gesagt: „Es wirdt diese Rose von den alten Weibern in großem Werth gehalten vnd geben für, daß sie das gantze Jahr vber zubleibe, ohne allein in der Christnacht, da soll sie sich in einer gewissen Stundt aufthun, wann man sie in frisch Wasser setzet und haben alsdann ihre besondere Speculation vnd Merck daran, wie es sich hernach mit etlichen Sachen schicken werde, welches falsch ist." Noch deutlicher drückt sich Erasmus Franciscus in seinem ost- und westindischen wie auch sinesischen Lust- und Staatsgarten (1668) aus, wo er sagt: „Dieses Gewächs wird für die Rosen fälschlich ausgegeben, deren in der heiligen Schrift gedacht wird, inmassen selbige nicht bei Jericho, sondern in Arabien, an dem wilden Seestrande des rothen Meeres, da sie aus dem Sande herfürsprießen, anzutreffen, wie Bellonius aufgemerket hat. Es heißt, daß diese sogenannte Rose von Jericho in der heiligen Christnacht aufgehe und blühe. Das ist wahr und noch mehr dazu, denn sie gehet nicht nur in der heiligen Christnacht, sondern alle Tage und Nächte auf, wenn man sie nur in's Wasser setzet, wie ich in Teutschland solches selber mit einer dürren geprobiret. Aus welcher ihrer Eigenschaft die Betrüger Anlaß genommen, den Fremden und Wallfahrtenden einzubilden, sie blühe nur allein in den Weihnachten und zwar zu Mitternacht; sey auch den kreisenden Frauen zu einer leichten Entbindung beförderlich, welches eben sowohl ein

[1]) S. Ritter, Erdkunde I. X. Bd. II. S. 431.

[2]) So erzählt z. B. von ihr schon Jost Artus der Lautenist auf seiner Pilgrimschaft in's gelobte Land mit Felix Fabri in d. Curiositäten Bd. II. 5. S. 418.

[3]) S. Heß a. a. O. S. 85 ff. In d. Ausg. d. Tabern. Basel 1674. Fol. steht die Stelle S. 835 ff.

Gericht [1]). Theils alte Weiber setzen dennoch durch obenerwähntes Mährchen ver-
leitet ein abergläubisches Vertrauen auf diese Pflanzen, als wenn sie mitten in
der Geburtsnacht unsers Emanuels, in's frische Wasser gestellet, gewisse Zeichen
von sich gäbe, woraus die alten Frauen künftige Dinge erlernen mögen und unter
andern auch jungen mannssüchtigen Mägdlein prophezeyen, wer ihr Liebhaber seye
oder wie er aussehen solle, jung oder alt. Solchen Vetteln sollte man billich,
anstatt der Rosen von Jericho den Strauch auf den Rücken schenken, nämlich den
Dornbusch und ingleichen den mannlüsterner Mägdlein, die sich Raths und
Prophezey bei ihnen erhohlen, die juckende Haut damit kratzen." In ähnlicher
Art spricht sich Bas. Besler in dem berühmten Hortus Eystettensis (Norib. 1613
fol.) aus, wo er auch (Autumn. ord. f. 1 n. 2) eine Abbildung nach der Natur
giebt, und der berühmte Thomas Brown in seiner Pseudodoxia epidemica
(Lond. 1659 fol. u. öft.), worin er zuerst der abergläubischen Medicin den Hals
brach, hat sich im zweiten Buche weitläufiger hiermit beschäftigt; in neuerer Zeit
endlich hat der bekannte Schweizer Dichter David Heß diese Sage zum Gegenstand einer Novelle (Die Rose von Jericho. Eine Weihnachtsgabe. Zürich 1819.
12.) gemacht, um darin ihre Nichtigkeit zu zeigen.

Merkwürdig ist es übrigens, daß in England eine ähnliche Sage von dem
am Weihnachtsabend blühenden Schwarzdornbusch von Glastonbury existirt, der
angeblich von dem Stocke Josephs herrühren soll, den dieser bei seiner erdichteten
Reise durch England auf dem Wearyall Hill, einem kleinen Hügel in der Nähe
der ebengenannten Stadt, in die Erde gestoßen haben, und der sodann fortgekommen
sein soll [2]). Uebrigens nimmt man auch an verschiedenen Moosen die Erscheinung
wahr, daß sie sich, in warmes Wasser gelegt, auseinandergeben, wie z. B. an
dem sogenannten Medusenhaupte oder der Euphorbia.

Daß man endlich gerade einer angeblichen Rose solche Wunderkräfte beigelegt,
liegt jedenfalls in den in's christliche Mittelalter überkommenen mystischen Mythen
der Griechen und Römer [3]), bei denen sie sich sogar auf Grabsteinen findet [4]),
was den christlichen Legendenschreibern Anlaß gegeben haben mag, sie mehrmals
aus den Gräbern der Heiligen hervorsprießen zu lassen [5]). Interessant ist es
übrigens, was Busbecquius in seinen Briefen (Nr. 1) erzählt, daß die Türken
keine Rose auf der Erde liegen lassen, sondern sie sogleich aufheben, da sie sich

1) Ueber diesen Aberglauben s. Tenzel, Monatl. Unterr. 1689. S. 873.
2) S. Brand, Observat. on popul. antiquit. Lond. 1842. T. III. p. 203 sq.
3) S. Nork, Mythol. Lex. II. S. 185.
4) S. Winkelmann Bd. II. S. 561.
5) S. Collin de Plancy, Dict. d. Reliques. Paris 1821. T. I. p. 256. II. p. 211; Maury,
Essai s. l. Légendes du Moy. Age. Paris 1843. 8. p. 75.

94

einbilden, sie sei von dem Schweiße Mahomeds so schön gefärbt worden. Man sieht hier offenbar eine Variation der griechischen Mythe von der Entstehung der rothen Rose durch das Blut, welches aus dem Fuße der Venus, als sie sich, dem sterbenden Adonis zu Hülfe eilend, an einem Rosenstrauche geritzt hatte, geflossen war und aus der weißen eine rothe Rose schuf [1]).

Elftes Capitel.

Zur Geschichte der Meerungeheuer, namentlich der großen Seeschlange, mit Berücksichtigung des Hydrarchus [2]).

Das Skelett des an vielen Orten Deutschlands von Dr. Koch gezeigten, von ihm 1845 im Staate Alabama in Nordamerika aufgefundenen und jetzt im Berliner Museum befindlichen fossilen Meerungeheuers scheint es wünschenswerth zu machen, einige Notizen hier zusammenzustellen, welche die so oft aufgestellte, aber eben so oft auch wieder zurückgewiesene Frage betreffen, ob eine Seeschlange oder ein ähnliches großes Meerungeheuer überhaupt existirt habe oder noch existire. Es versteht sich von selbst, daß hierbei eben nur das, was sich auf Meer= oder Seeschlangen und Ungeheuer bezieht, in Betracht kommt, nicht aber allge= meine Schlangen= oder Drachensagen. Es ist bekannt, daß bereits in der Bibel von einem derartigen Ungeheuer die Rede ist, welches dort Leviathan genannt wird. Dies geschieht sowohl im Jesaias (27, 1.) als auch im Hiob (26, v. 13.) [3]).

---

1) S. Geoponica XI. 17. p. 312; Boissonnade zu Nicet. Eug. T. II. p. 218 sq. u. Anecd. T. I. p. 278.

2) S. Carus, Geinitz, Günther u. Reichenbach, Resultate geolog., anatom. u. zoolog. Unter= such. üb. d. u. d. N. Hydrarchus in Dresden ausgest. fossil. Skelett. Lpzg. 1847. Fol.

3) Wir citiren nach der Luther'schen Uebers. Jes. a. a. O.: Zu der Zeit wird der Herr heim= suchen mit seinem harten, großen und starken Schwerdt, beides den Leviathan, der eine schlechte Schlange, und den Leviathan, der eine krumme Schlange ist; und wird die Drachen im Meere er= würgen. — Hiob a. a. O.: Am Himmel wird es schön durch seinen Wind und seine Hand bereitet die gerade Schlange. cf. I. Moses 1. 21.; Und Gott schuf große Wallfische und allerlei Thiere ꝛc. s. Hiob III. 1. XL. 20. Psalm 74, 14. Die Schlange im Paradiese wird mit dem Leviathan ver= wechselt in einem altdeutschen Passionsspiele b. Mone, Schausp. d. Mittelalt. Bd. I. S. 186. Uebrigens ist die Schlange überall das Symbol des Bösen, wie dieses das Juden= und Christen= thum von den Orientalen angenommen hat. S. die Beweise b. Maury, Leg. pieuses du Moy· Age. Paris 1843 p. 131 sq. Reiffenberg, Gilles de Chin. p. XLI. sq.

Am wichtigſten unter den angeführten Stellen iſt offenbar die zweite, wo geſagt wird, daß der Leviathan den Wallfiſch (denn dieſer kann an der genannten Stelle nur gemeint ſein) umbringen werde, alſo offenbar ein größeres und von dem letztern verſchiedenes Thier ſein muß, weshalb bekanntlich auch der gelehrte Bochart [1]) darunter das Krokodil verſtanden wiſſen will. Dagegen hat nun aber der gelehrte Ewald zu Hiob 3, 8. (in den Tübing. Theol. Jahrb. 1843, IV. S. 750.) Folgendes bemerkt: „Leviathan [2]) iſt ein rein mythiſcher Name, gleich wie die flüchtige Schlange (26, 13.) und gehört, wie alle dieſe Vorſtellungen, in ein eigenthümliches Gebiet; und daß die ältern Hebräer das Krokodil ſo be= nannt hätten, dafür fehlt jeder Beweis. Wir finden dieſe letztere Anwendung des Namens erſt Hiob 40, 25., ſowie in dem eben ſo ſpäten Pſalm 104, 26. Erſt im 6. Jahrhundert lernten ſie das Krokodil (תן) ſo nennen. Hiob 40, 15. iſt das Werk eines ſpätern Dichters aus einem andern Lebenskreiſe. Dieſer wohnte in Aegypten, was ſich von dem Verfaſſer der frühern Capitel nicht be= weiſen läßt, da ſolche Anſpielungen, wie Hiob 9, 26 cf. Jeſ. 18. vom 8. Jahr= hundert auch einem in Paläſtina lebenden Hebräer möglich waren.“ Ohne uns weiter mit theologiſchen Controverſen über dieſes Thier und die davon zu gebende Erklärung einzulaſſen, wollen wir nur einige merkwürdige Sagen [3]) der Talmu= diſten und Rabbiner davon mittheilen.

So wird im Talmudiſchen Tractat Avóda sara (fol. 3. col. 2.) erzählt, Gott Vater ſpiele die drei letzten der zwölf Stunden des Tages hindurch mit dem Leviathan, habe mit dieſer Beſchäftigung aber ſeit der Zerſtörung des Tempels aufgehört. In dem berüchtigten Jüdiſchen Märchen= oder Maaſebuche c. 193. wird nun aber gelehrt, gedachter Leviathan, der König der Fiſche, verſtehe nicht blos alle Sprachen der Thiere und Vögel [4]), ſondern auch die 70 Sprachen der Erde und ertheile Unterricht darin. Wie groß er aber geweſen, davon berichtet der Tractat Báva báthra (fol. 73. col. 2.) Folgendes: „Der Raf Safra erzählt: wir fuhren einmal in einem Schiff und ſahen einen Fiſch, welcher ſeinen Kopf aus dem Meere ſtreckte und Hörner hatte, und ſtund auf demſelben geſchrieben: Ich bin eins von den kleinen Geſchöpfen, die in dem Meere ſind, und bin dreihundert Meilen lang und gehe in den Rachen des Leviathan“. Nach dem Jalkut Schi= moni über die 5 Bücher Moſis fol. 5. col. 4. hat ihn Gott aber am fünften

---

1) Hierozoicon. P. II. L. IV. c. 16. 17. 18.

2) לִוְיָתָן d. h. כְּמוֹ geringelte Schlange, von תן Schlange und לָוָה winden.

3) Dieſe ſind zuſammengeſtellt aus Eiſenmenger's Neuentdecktem Judenthum. (1700. II. Bde. 4.) Bd. I. S. 5. 23 ff. 401. 811. II. S. 872 ff.

4) Die Stellen über die Vogelſprache und die Menſchen, welche ſie verſtanden haben ſollen, ſ. b. Böttiger Kunſtmythologie Bd. I. S. 95 ff. Curioſitäten Bd. II. 6. S. 507. und meine Anm. zu Gesta Rom. Bd. II. S. 264.

Schöpfungstage erschaffen, nach dem Tractat Báva báthra Fol. 74. col. 2. aber hatte Gott Anfangs „den Leviathen, der eine krumme Schlange ist, ein Männlein und ein Weiblein erschaffen. Wann aber dieselbigen sich mit einander vermischt, so hätten sie die ganze Welt verstöret. Was hat nun der heilige gebenedeyete Gott gethan? Er hat das Männlein verschnitten und das Weiblein getödtet und für die Gerechten in's Künftige eingesalzen, wie gesagt wird: Er wird den Drachen im Meer erwürgen". Derselbe Jalkut Schimoni über das zweite Buch Samuelis fol. 25. col. 3. nr. 161. weiß nun aber auch das Ende des Leviathan und seinen Zweck; er sagt nämlich: „Der Rabbi Joden spricht, daß der Rabbi Simon gesagt habe, der Behemoth und der Leviathan werden in's Künftige der Gerechten Jagd sein, und wer in dieser Welt keine Jagd der Völker der Welt gesehen hat, der wird würdig sein, dieselbe in der zukünftigen Welt zu sehen. Wie werden sie aber geschechtet oder geschlachtet werden? Der Behemoth wird den Leviathan zwischen seine Hörner nehmen und denselben von einander reißen, und der Leviathan wird den Behemoth zwischen seine Stoß-(Floß?)federn nehmen und demselben die Nasenlöcher spalten, und die Gerechten werden sagen, dieses Schechten oder Schlachten ist coscher und ist derselben Fleisch zu essen erlaubt". In dem Tractat Báva Báthra wird fol. 74. col. 2. weiter erzählt, daß auch der Engel Gabriel mit dem Leviathan eine Jagd anstellen werde, wenn ihm aber Gott nicht dabei helfen werde, könne er ihn nicht überwältigen. Was nun aber mit dem Fleische des Leviathan werden soll, erfahren wir ebend. fol. 75. col. 1., wo gesagt wird: „das übrige (Fleisch) werden sie unter sich austheilen und auf den Märkten zu Jerusalem damit Kaufmannschaft treiben, wie (Hiob 40, 25.) gesagt ist: Sie werden ihn unter die Kaufleute theilen. Gott wird aber den Gerechten in's Künftige eine Hütte oder Zelt von der Haut des Leviathan machen. Was aber von demselben übrig bleiben wird, wird er auf den Mauern zu Jerusalem ausbreiten und wird derselben Glanz von einem Ende der Welt bis zu dem andern glänzen". Hinzugefügt wird noch: „Aus diesem Allen erhellt klärlich, daß die Worte von dem Fleische und der Haut des Leviathan nach dem Buchstaben und eigentlich zu verstehen sind".

Soweit das Alte Testament und die Rabbinen. Wir wollen jetzt sehen, ob nicht auch die Griechen und Römer, sowie die Araber etwas von der großen Schlange zu erzählen wissen.

Bei den Griechen kommen mehrmals Andeutungen über große Drachen oder Schlangen schon in ihrer Mythologie vor, so z. B. war der von Apollo getödtete Drakeldrache Python aus dem Schlamme nach der Fluth entstanden [1]. Er war so lang, daß er den Berg Parnaß neunmal umschlingen konnte. Des-

---

1) Hygin. fab. 140. Servius ad. Virg. Aen. VI. 347. Pausan. X. 6.

gleichen war die von Hercules erlegte Hydra in den Sümpfen bei Lerna in Argolis 1) mit 9 oder 100 Köpfen ebenfalls eine Art von Wasserschlange. Ferner war das von Neptun über das Land des Königs Cepheus, Aethiopien, gesendete Meerungeheuer (Cetus) offenbar auch eine Wasserschlange 2). Was können endlich jene zwei aus dem Meere aufgestiegenen Drachen, die den Laocoon und seine Söhne tödteten, Anderes gewesen sein 3)? Aber auch aus der historischen Zeit sind uns, besonders aus den Schilderungen des Zuges Alexanders des Großen nach Indien, noch ähnliche Sagen übrig. Denn lassen wir auch hier die einzelnen Notizen über Drachen und ungeheure Schlangen auf dem Lande unberührt, so müssen wir doch erwähnen, daß Aelian in seiner Thiergeschichte (XVII. 6.) von einem großen Seeungeheuer nach den Berichten des Onesicritus, eines Flottenbefehlshabers Alexanders, und des Orthagoras erzählt, daß an den Küsten von Gedrosien ein Meerungeheuer sich sehen lasse, dessen Länge ein halbes Stadium betrage. Dergleichen Thiere sind nun aber auch vom Alexander im Ganges angetroffen worden, denn Strabo sagt ausdrücklich (Geogr. XV. p. 702.), daß die Ungeheuer, die jener darin erblickt, an Größe, Breite und Dicke allen Glauben übersteigen. Daß aber damit Schlangen gemeint sind, sagt der Verfasser eines Prosaromans von Alexander dem Großen a. d. 14. Jahrhundert ausdrücklich, der nach alten Traditionen gearbeitet hatte 4). Dergleichen Thiere beschreibt der arabische Historiker und Geograph Zacharia Ben Mohammed Ben Mahmud Kazwyny († 1283 n. Chr.) in seinem geographischen Lexicon, indem er sagt, daß auf der Insel Nacan im indischen Meere Schlangen leben, die einen Ochsen sogleich verschlingen können 5). An einer andern Stelle 6) berichtet er von einer andern Seeschlange des chinesischen Meeres, die ebenso Elephanten verschlungen habe. Hiermit stimmt Plinius in seiner Naturgeschichte überein (VIII. c. 11.), der aber dasselbe auch von Afrika (c. 13.) berichtet, wo er jedoch daran zweifelt, daß dieselben, wie der Schriftsteller Juba erzähle, eine Art von Hahnenkamm auf dem Kopfe hätten. Er fügt aber hinzu, daß man erzähle, an der Meeresküste um-

1) S. Hygin. fab. 30. Pausan. II. 37.

2) S. Ovid. Metam. V. in. Hygin. fab. 64.

3) Virgil. Aen. II. 199 sq. Hygin. fab. 135.

4) De la propriété des serpens, qui furent trouvées au fleuve Gagey, b. Berger de Xivrey, Tradit. tératologiq. Paris 1836. p. 456 sq.

5) S. Gildemeister, Script. Arab. de rebus Indicis. Bonn 1848. 8. p. 195.

6) S. Lane, The Thousand and one nights. T. III. p. 98. n. 43. Ueber die Schlangen in der Mythologie und ihre Verehrung f. Nork, Myth. Wtbch. IV. S. 231 ff. Curiositäten Bd. X. 1. S. 5 ff. Böttiger, Kunstmythol. Bd. I. S. 54 ff. Kl. Schriften Bd. I. S. 98. 112 ff. 124. 128. 133. 180 ff. Bochart Hieroz. T. II. p. 438 sq. Millin Dict. d. beaux arts T. I. p. 462 sq. und die b. Rasche Lex. Numism. s. v. Draco u. Fabric. Bibl. Ant.. p. 313. genannter Schriften.

13

wänden sich oft 4 bis 5 solcher Drachen und schwämmen mit hoch emporgehobenem Haupte nach Arabien hinüber [1]), weil sie dort reichlichere Nahrung fänden. Hiermit stimmt aber auch Albertus Magnus [2]) überein, welcher sagt, es existirten in Indien ungeheuere Schlangen mit furchtbaren Rachen, Augenbraunen und Schuppen am Halse: der berühmte Avicenna habe eine gesehen, an deren Halse sich lange und dicke Haare befunden, ganz wie die Mähnen eines Pferdes; sie hätten in den beiden Kinnbacken je drei große lange hervorragende Zähne. Gehen wir nun aber wieder zu den Griechen zurück, so finden wir noch bei Strabo (Geogr. XVI. 2. p. 755.) den Bericht des Stoikers Posidonius (135—50 v. Chr.), daß derselbe in Syrien, seinem Vaterlande, von einem auf einer in der Nähe des Meeres gelegenen Stelle tobtgefundenen Drachen gehört, der so lang wie ein Plethron ($=$ 240 Fuß) und so dick gewesen, daß zwei auf seinen beiden Seiten stehende Reiter sich nicht hätten sehen können, und einen Rachen, groß genug, um einen Reiter zu verschlingen, und Schuppen, von denen jede größer als ein längliches Schild gewesen, gehabt habe. Ein gewisser Alexander berichtet bei demselben Aelian [3]) in seiner Umschiffung des rothen (indischen) Meeres, es existirten darin Schlangen von 60 Fuß Länge und angemessener Stärke. Endlich kommt in der dem Bischof von Helenopolis Palladius (400 v. Chr.) allerdings grundlos (?) beigelegten Schrift über Indien und die Brachmanen (De Br. p. 10.) die Sage vor, daß im Ganges ein großes, Elephanten verschlingendes Thier wohne, welches nur die in den Sommermonaten zu ihren Frauen herüberschiffenden Priester verschone; dieses sei aber ein Drache, bis 70 (105 Fuß) Ellen lang. Zu dieser Gattung mögen diejenigen indischen Schlangen gehört haben, deren Länge Philostorgius, der bekannte Kirchenhistoriker (III. 11.), bis auf 15 Klaftern (90 Fuß) angiebt, sowie endlich jene berühmte Schlange, welche der römische Feldherr Regulus (255 v. Chr.) im ersten Punischen Kriege am Flusse Bagradas, im Gebiete des heutigen Tunis, mit Wurfgeschütz erlegen zu lassen sich genöthigt sah, und deren abgezogene Haut eine Länge von nicht weniger als 120 Fuß hatte [4]). Dies war offenbar eine Wasserschlange, da sie an einem Flusse ihren Sitz hatte, was sich dagegen von den zwei Schlangen, deren Sueton im Leben des Augustus (43) und Dio Cassius

---

1) Dies wäre der Drachenknoten, der, weil er die Eklipsen veranlaßt, in der Astrotheologie Bild des Satans war, s. Offenb. Joh. 12, 9.

2) De animalibus L. XXV. T. VI. Op. p. 668.

3) XVII. 1. s. a. Plin. VI. 25. Arrian. Peripl. Mar. rubri p. 23. - Ritter, Erdkde. Bd. VI. S. 1082. VIII. S. 517. XII. S. 474. 617. berichtet, daß solche Wasserschlangen noch jetzt im Indischen und Arabischen Meerbusen vorkommen.

4) S. Gell. Noct. Att. VI. 3. Valer. Max. I. 8. 19. Die übrigen Citate hat Hr. Dr. Böttcher im Dresdner Tageblatt 1846 Nr. 107 u. 108 critisch zusammengestellt. Doch fehlt bei ihm noch Iul. Obsequens. c. 29.

in seiner römischen Geschichte (50, 7.) unter der Regierung desselben Kaisers Erwähnung thun, nicht mit Sicherheit behaupten läßt.

Auch im Mittelalter [1]) kommen viele Geschichten von ungeheuern Drachen und Schlangen vor, allein ich will nur hier jenes Ungeheuer anführen, welches zur Zeit Gregors des Großen bei Rom nach einer Ueberschwemmung der Tiber aus dem zurückgebliebenen Schlamme wie ein zweiter Python entstand und durch seine Ausdünstungen eine pestartige Krankheit erzeugte, worauf den 25. April, nachdem dasselbe durch Gebete vertrieben worden, ein besonderes Dankfest deshalb angeordnet ward [2]). Dieser Drache würde nach der gewöhnlichen Annahme zu erklären sein, daß überhaupt das Entstehen von Drachen ein Bild großer Ueberschwemmungen sei, wie denn in der Schweiz noch heute reißenden Waldströmen der Name „Drach" gegeben wird [3]). Dergleichen einzelne Drachensagen haben aber Salverte, Des sciences occultes. Paris 1843. 8. p. 473 — 509. Am. Bosquet, La Normandie romanesque et merveilleuse. Paris 1845. 8. p. 203 — 212. Grimm, Deutsche Mythologie, 2. A. S. 648 ff. Fr. Tiedemann, Anatomie und Naturgeschichte des Drachen, Nürnb. 1811. 4. S. 31 ff. Nork, Festkalender, S. 282 ff. Happel Relat. Curios. Bd. l. S. 39 ff. 163 ff. Reiffenberg, Introd. zu Gilles de Chin. (Brux. 1847. 4.) p. XLV — LXVI und Godefroi de Bouillon p. 90 sq. 103 sq. 147 sq. u. Ph. Mouskes II. p. CXLVI sq. F. M. v. Olfers, Die Ueberreste urweltlicher Riesenthiere in Beziehung zu asiatischen Sagen und chinesischen Schriften. Berl. 1840. 4. ꝛc. in Menge zusammengebracht, ich füge nur noch hinzu, daß auch die Berichte der mittelalterlichen Reisenden, besonders wenn sie von den Wundern Indiens sprechen, mit dergleichen Drachensagen angefüllt sind. Es verlohnt sich nicht der Mühe, die Lügen eines Mandeville ꝛc. hierherzusetzen, daher verweise ich nur noch auf Marco Polo, der im 40. Capitel des 2. Buchs seiner Reisebeschreibung dergleichen große Schlangen in China gesehen haben will, welche einige Erklärer dieser Stelle, wie Marsden und Baldelli, für die Schilderung eines Alligators, was mit Bocharts Erklärung des Leviathans übereinkäme, andere, wie Bürk [4]), mit Ritter (Geogr. v. Asien, Bd. IV. S. 744) für die bekannte Boa halten. Wie dem aber auch sein möge, in der neueren Zeit finden wir den Glauben an die große Meerschlange besonders im Norden Europas heimisch, wo ja schon die altnordische Mythologie die hochpoetische Mythe

1) Ueber die Bedeutung des Drachen auf christlichen Denkmälern s. Böttiger, Kunstmythol. Bd. II. S. 382. Reiffenberg, Gilles de Chin. p. XLII sq. Nork, Mythol. der Volkssagen S. 1037 ff. Ueb. ihn als Emblem der Chines. Kaiser s. Du Halde, Descr. de la Chine T. I. p. 268. II. p. 352.

2) S. Durand, Rationale divin. officior. 1479. f. 225 b.

3) S. Scheuchzer, Itinera per Helvetiae reg. Alpinas T. III. p. 377 — 397.

4) S. dess. Uebers. d. M. P. Lpzg. 1845. S. 393 ff.

von Thors Kampfe mit der Midgardschlange, die auch Jormungandr (d. h. Erd-
ungeheuer) oder Midgardsorme (d. h. erdumgebende Schlange) heißt, hat, die Thor
auf seinem Fischzug mit dem Riesen Hymir an Bord zieht und mit seinem
Hammer zerschmettert. Derselbe Kampf mit dieser großen, die Erde umgürtenden
Seeschlange, der Tochter Loki's und der Angurboda, findet auch bei der sogenannten Götterdämmerung, dem Weltuntergange, statt, wo sie aus Niflheim zum
Kampf aufsteigt und der Gott zwar siegt, aber durch den Pesthauch des Unge-
heuers erstickt wird 1).

Historische Nachrichten von einer solchen Seeschlange giebt nun aber zuerst
Olaus Magnus in seiner Nordischen Geschichte 2), wo er die norwegische Seeschlange als 200 Fuß lang und 20 Fuß dick, und ihren Aufenthalt an den Küsten von Bergen schildert. Er bespricht daselbst ein ähnliches Ungeheuer auf der
Insel Moos, das sich 1522 zeigte, 50 Ellen hoch war und die Vertreibung des
grausamen Königs Christiern ankündigte. An einer andern Stelle beschreibt er
eine Schlange von 40 Ellen, aber kaum so dick wie ein Kinderarm, welche aber
von den Krabben, die sich an sie hängen, oft so gezwickt wird, daß sie sich vor
Schmerzen zusammenkrümmt. Jene große Schlange erhebt sich hoch an den Schiffen, zieht die Menschen heraus und frißt sie 3). Diese Seeschlange scheint nun
zu der sonderbaren Fabel vom Kraken 4) Veranlassung gegeben zu haben, jenem

---

1) S. Hymis-qvida v. 21 sq. u. Vauluspa v. 44 sq. Finn Magnussen Lex. mythol. borea-
lium p. 206 sq. D. angelsächsische Sage giebt Beda Vener. de ratione temporum, Op. Basil.
1563. p. 377.

2) Hist. Septentrion. XXI. c. 43 u. 44.

3) S. d. Abbild. in d. Ausg. Rom, 1555, Fol. S. 771.

4) Heißt auch Krabben, Horven, Seehorven, Ankertroll u. b. Olaus Worm. (in dess. Musaeum
p. 280) Hafgafe, d. b. Seegabe, oder Hafgaf, d. i. Seeschlund, nicht Hafgufe, was gar nichts
ist. Was den Ursprung des Wortes Kraken angeht, so paßt das altnord. Wort kráka == Krähe
natürlich nicht, obgleich im Baier'schen Kracken == Krähe ist (s. Schmeller Baiersch. Wtb. II. S.
380), und es scheint mir auch das Wort kraka ein Plural (der ein kraki der Declination nach vor-
aussetzt), nicht diese Ableitung zu geben: dieses kraki bedeutet nämlich pali, longurii, == Pfähle,
lange Stangen und Pallisaden (krage, dän. == truncus f. Du Cange III. p. 968. Ziemann, Mittel-
hochd. Wtbch. I. S. 193 „kracke == Harpune); dieses Wort hängt aber mit dem deutschen „Krackeln",
den um einen Vogelherd aufgestellten hohen dürren Bäumen, denen die Aeste gelassen sind, zusammen. Vielmehr scheint der Kraken eine Art Ableitung des Wortes Krabbe (Meerkrebs), altdeutsch
krapp, angelsächs. crabba, engl. crab, crabfish, schw. krabba, craefta, isländ. krabbi, sanskr.
karkas, karkatas (f. Kaltschmidt, Sprachvergl. Wtbch. S. 507. Bosworth Dict. of the Anglos.
Lang. p. 22 p.). Im Sanskrit bedeutet freilich Graha sov. w. Schlange, und leitet man den Kraken
hiervon ab, so ist Alles erklärt, da der Kraken ein Meerthier ist, und bei der Taufe von unbekannten Thieren wohl gewöhnlich die Aehnlichkeit mit andern (unbewußt) zu Rathe gezogen wird. Daß
es mit dem Worte krachen, (niedersächs. kraken, holländ. kraaken, angelf. cearcian, engl. to crak
— dän. krak Kracke, schlechtes Pferd) zusammenhängen sollte, scheint nicht wahrscheinlich.
Es müßte von der Art und Weise des Aufsteigens des Thieres aus dem Meere, oder seinem

ungeheuren Meerthiere, das auf dem Grunde des Meeres lebt, aber wenn es sich einmal mit seinen langen Zacken oder Fühlhörnern hervorhebt, mit seinem Körper einer schwimmenden Insel gleicht und z. B. 1680 in der Bucht Ulvangen, im Kirchspiel Alstahough in Norwegen, angeschwommen und da verfault war [1]). Dies könnte also eine Art großer Polyp sein, wofür Salverte a. a. O. (S. 25) bereits die Scylla erklärt hatte. Uebrigens ist der Kraken später ebenfalls noch mehrmals gesehen worden [2]), wie denn schon Plinius einer solchen ungeheuern Polypenart unter dem Namen Ozäna (L. X. c. 130.) gedenkt. Um nun aber auf die Seeschlange zurückzukommen, so hat sie ein norwegischer Dichter, Peter Daß (1647—1708), nach dem Volksglauben in seiner Beskrivelse over Nordland [3]) (v. 45 ff.) sogar besungen und sagt davon, er habe gehört, wenn sie in der See liege, sei sie ihrer Länge nach 100 Fudern Mist gleich, die man auf ein unfruchtbares Feld, um solches zu düngen, längshin fuderweise ausgebreitet habe [4]).

Als historisch beglaubigt ist nur anzuführen, daß der Prediger Nicolas Gramm zu London unter dem 6. Januar 1656 erzählt, wie bei der letzten großen Ueberschwemmung zu Norwegen eine große Seeschlange, die bisher in den Flüssen Mios und Branz gelebt, aus dem Wasser dieses Flusses sich über die Felder nach dem Meere zu begab und Alles, was ihr in ihrem Laufe im Wege stand, selbst Bäume und Hütten, umstürzte. Sie ward dann im Herbste in den dasigen Gewässern wieder gesehen und ihr Kopf kam den Beschauern so groß wie eine Tonne vor [5]). Desgleichen ward 1687 in Dramsfiorden ebenfalls eine große Seeschlange gesehen [6]). Ebenso ward sie im folgenden Jahrh. 1720 in der Nähe von Bergen erblickt [7]). Desgleichen erzählt der bekannte P. Egede [8]), daß er den 6. Juli

Schnauben auf der Oberfläche der Name hergenommen sein. Uebrigens ist vielleicht der sogenannte Odontotyrannus, dessen Beschreibung der Pseudo Julius Valerius L. III. c. 33. Auctor de belluis c. 16. (b. Berger de Xivrey a. a. O. S. 268) giebt, das oben vom Pullublus genannte Thier, dem Cedrenus Histor. Comp. p. 153. u. Glucas Annal. II. p. 43. nacherzählen, wenn es auch weder der Kraken, noch Mammuth, noch der Megalosaurus oder die Meerschlange ist. Endlich ist der Krebs als Wasserdämon nachgewiesen v. Nork, Mythol. d. Volkssag. S. 519.

1) S. Pontoppidan, Vers. d. natürl. Gesch. v. Norwegen, Kopenh. 1754. Bd. II. S. 394 ff.

2) S. Berger de Xivrey Tradit. tératol. p. 284.

3) Nordlands Trompet u. Beskrivelse over Nordlands Amt. Kopenh. 1739, 1763. Bergen 1776, 8.

4) Die Stelle ist abgedr. b. Pontoppidan a. a. O. II. S. 384 ff.

5) Dieses Zeugniß soll bei Happel, Mund. mirabilis nach d. Pfennigmagaz. v. 1837 S. 53 stehen (s. a. Denis, Le monde merveilleux, Paris 1843. p. 241 sq.), allein in meinem Exemplar (Ulm 1687. 4.) finde ich die Stelle nicht.

6) S. J. Ramus, Norge's Beskrivelse S. 43.

7) S. Pontoppidan a. a. O. S. 378.

8) Fortgesetzte Relationen, die Grönländischen Missionen betreffend, S. 6. (Kopenh. 1741. 4.) u. Perlustration des alten Grönlands S. 48.

102

1734 eine solche Schlange sich habe in der Nähe des Schiffs aus dem Meere aufrichten sehen, so hoch, daß ihr Kopf über den großen Mast hinausgereicht, es habe eine lange spitze Schnauze gehabt und große breite Pfoten, der Rumpf sei anscheinend mit einer harten Rinde bewachsen, die Haut schrumpflich gewesen, und geblasen habe es wie ein Wallfisch [1]). Eine etwas verschiedene Beschreibung davon giebt der Capitán Laurenz de Ferre in einem Schreiben an den Procurator von Bergen, Jan Reutz, vom 21. Febr. 1751, der die Schlange im August 1746 auf seiner Reise von Drontheim nach Molde in der Nähe von Jule-Näs gewahrte. Er vergleicht ihren Kopf mit einem Pferdekopf; von Farbe war er grau, der Rachen aber war schwarz und am Halse hatte sie eine lange weiße Mähne; ihr Körper war sehr dick, und es beschrieb derselbe 7—8 Krümmungen oder Zirkel, ohngefähr jeden 1 Klafter auseinander. Er schoß mit Schrot auf das Thier, worauf es untertauchte [2]).

Am öftesten bemerkte man die Seeschlange in diesem Jahrhundert, denn im J. 1808 scheiterte der Körper einer ungeheuern Seeschlange bei Stronsa, einer der Orcaden. Sie war 55 Fuß lang und hatte ungefähr 10 Fuß im Durchmesser. Auch sie hatte eine Art zottiger Mähne, die sich bis auf 3 Fuß nach dem Schwanze zu erstreckte [3]).

Im J. 1809 sah C. Telfair eine solche Schlange von ohngefähr 40 Fuß auf seiner Reise nach Bombay: sie bewegte sich gleich schnell mit dem Schiffe, machte also in einer Stunde 7—8 englische Meilen [4]).

Im J. vorher, 1808, hatte sie auch der Geistliche Donald Maklean auf den Hebriden erblickt; sie war 70—80 Fuß lang gewesen.

Desgleichen versicherte Elkannah Finey aus Plymouth, sie ebenfalls 1815 zu Warrens Cove gesehen zu haben [5]).

Im J. 1817 ließ sie sich an den nordamerikanischen Küsten beim Vorgebirge Ann und Marble Head, sowie bei Glocester Harbour sehen. Im J. 1818 sah sie Joseph Woodward, Capitán des Schoners Adamant, von Hingham auf seiner Fahrt von Penobscot nach Hingham am 12. Mai. Er hielt sie anfangs für ein Stück von einem Wrack, als er aber merkte, daß diese große Masse eine Schlange sei, schoß er eine mit einer Kanonenkugel und Flintenkugeln geladene Kanone auf sie ab, allein diese prallten wie von einem Felsen ab, und die Schlange kam dann mit aufgesperrtem Rachen auf das Schiff los, ging auch unter demselben hinweg, ohne es jedoch umzuwerfen. Er schätzte ihre Länge 130 Fuß, den Kopf 1—14,

---

1) Dies entspräche dem bei Olaus Magnus XXI. c. 6. sogenannten Ungeheuer Physeter.
2) S. Pontoppidan a. a. O. S. 368 ff. cf. Cranz Beschreib. v. Grönland, I. p. 153.
3) S. Berger de Xivrey a. a. O. S. 277.
4) S. Froriep Notizen Bd. XX. Nr. 22. S. 346.
5) Ueb. d. beid. Notizen f. Berger de Xivrey p. 276 u. 277.

ben Durchmeffer des Leibes hinter dem Genick 6 Fuß ıc.; ihre Farbe war schwärz= lich und die Ohrlöcher standen etwa 12 Fuß hinter dem Kopfende. Am 19. Juni zeigte sie sich wieder im Hafen Say und am 2. Juli 7 Seemeilen von Portland zwischen den Inseln Cranch und Marsh[1]).

Im Juli d. J. 1819 erschien sie bei Norwegen in dem Sunde zwischen Oster= sum und den ihm gegenüberliegenden Vichteninseln und blieb die ganze Zeit da= selbst, so lange das warme Wetter anhielt, unbeweglich liegen. Ihre Farbe war graulich, wenn sie sich bewegte, machte sie ein knarrendes Geräusch (von Schup= pen?), und außerdem gab sie einen starken Geruch von sich. Ihre Länge nahm man auf 300 — 600 Ellen an. Im August desselben Jahres zeigte sie sich bei Stenesoen und am Nordkap. Uebrigens hatte der damalige Bischof von Nord= land und Finnmark ihrer sogar zwei in der Bay von Sorsund in dem Drontheim= fiord gesehen und ihre Länge auf 100 Fuß geschätzt[2]).

In demselben Jahre 1819, am 16. August, wurde auch zu Nahant, in der Nähe von Boston, eine ungeheuere Seeschlange mit Schuppenringen gesehen.

Im Sommer 1822 erschien eine solche bei Sorde bei schönem Wetter; ihre Farbe war graubraun.

Im J. 1825 reiste ein gewisser H. William Warburton aus London nach Amerika und sah sie in der Gegend von St. Georges=Banks ebenfalls in einer Entfernung von 150 Fuß wie ein Aal an dem Schiffe vorbeischießen, und zwar so, daß ungefähr 60 Fuß von ihr sichtbar waren. Zwei Tage später sah sie ein anderes Schiff am Cap Cod und bald darauf erblickte man sie wieder in der 16 Meilen von Boston gelegenen Bai von Nahant[3]).

Im J. 1826 erblickte sie der Capitän Holdrege auf dem von Liverpool nach New=York gehenden Schiffe Richards am 15. Juni ebenfalls wieder in der Gegend von St. Georges=Banks. Seine Beschreibung stimmt mit der Warburtons über= ein[4]).

Im J. 1827 sah man die Schlange wieder in Norwegen bei Christianasiord und schlug ihre Länge auf 250 Ellen an, setzte auch auf ihre Erlegung eine Be= lohnung[5]). So kehrt denn dieses Phänomen noch oft wieder, und wir finden Nachrichten darüber aus den folgenden Jahren bei Froriep Notiz. a. d. Geb. d.

1) S. Lenz Schlangenkunde. Gotha, 1832. 8. S. 536. Oken, Isis. 1818. H. XII. dar. Lenz S. 535 ff.

2) Brooke, Travels through Sweden, Norway and Finmark to the North Cape in the Summer of 1820. Lond. 1823, ausgez. b. Froriep Notizen Bd. IV. Nr. 18. u. Lenz S. 538 ff.

3) Aus Brewster Edinburgh Journ. of Science 1825. Nr. XI. b. Froriep Notiz. Bd. XVII. Nr. 4. S. 49 ff. u. Lenz a. a. O. S. 539 ff.

4) Aus d. New York Advertiser 1826. 21 June, b. Lenz S. 540.

5) Aus d. Norweg. Handelszeitung b. Lenz a. a. O. S. 541 u. Froriep Bd. XIX. Nr. 13.

Nat. = u. Heilkunde Bd. XXVII. Nr. 589. S. 265. XC. Nr. 879. S. 328 und Neue Notizen Bd. IV. Nr. 67. (1) S. 8. Indessen machte unter allen diesen einzelnen Vorfällen keiner größeres Aufsehen, als wie das Schiff. Le Havre im Jahre 1837 dieselbe wieder auf der Höhe der Azoren bemerkt haben wollte. Leider müssen wir jedoch noch hinzufügen, daß die Redaction des Christiansands Posten ihrer Nachricht, daß die Seeschlange auch 1843 wieder zwischen den Inseln und Buchten von Christianfand erschienen sei, hinzugefügt hat, sie halte das Ganze für eine optische Täuschung, da ihr Correspondent versichere, sich durch eigene Anschauung überzeugt zu haben, wie die große Seeschlange nur aus einer Reihe von Meerschweinen (Tummlern, einer Art von Delphinen) bestehe, welche zuweilen in einer Gesellschaft von 8—12 in einer Reihe hintereinander schwimmen. Da nun jedes dieser braunen, 8—10 Fuß langen Thiere beim Vorwärtsschwimmen in gleichmäßig kurzen Intervallen mit seinem runden Rücken dergestalt aus dem Wasser hervortauche, als ob es kopfüber schießen wolle, so müsse Jeder, der eine solche Reihe schwimmen sehe, auf den ersten Blick glauben, die Windungen einer ungeheuern Schlange vor sich zu haben 1). Uebrigens hat sich die Schlange auch wieder 1846 im August und September an der norwegischen Küste sehen lassen, wie in mehreren öffentlichen Blättern zu lesen war 2), und neuerlich erblickte im Jahre 1848 der Englische Capitain M'Quahe dieselbe abermals an der Südspitze Afrika's 3). Wäre nun obige Hypothese gegründet, so würde also die ganze Sage von der Seeschlange auf einer Gesichtstäuschung beruhen, allein dem widersprechen theils die übereinstimmenden Aussagen so vieler verschiedener Personen zu den verschiedensten Zeiten, theils die Analogie anderer ungeheurer Exemplare noch jetzt existirender Thiere, wie z. B. der große Wallfisch, dessen Gerippe, 95 Fuß lang und 18 breit, vor einer Reihe von Jahren fast in ganz Europa gezeigt ward 4), theils endlich das Skelett des Hydrarchus, so daß wir keinen Grund sehen, jener allerdings nicht unwahrscheinlichen Erklärung wegen alle oben angeführten Beobachtungen für Erzeugnisse einer gestörten Einbildungskraft oder falscher Voraussetzung zu erklären. Eben so wenig möchte man aber die Seeschlange mit dem Verfasser des Aufsatzes über sie in der Revue Britann. 1835 Juin für den fossilen Megalosaurus Cuviers erklären, da die Existenz dieses Thieres nur vor den großen Ueberschwemmungen der Erdkugel constatirt ist 5), wo bekanntlich noch keine Menschen existirt zu haben

1) S. Froriep, Neue Notizen 1843. Bd. XXVIII. S. 184.

2) S. Ausland 1846 S. 1197.

3) S. Ausland 1848. S. 1024, 1128, 1095, 1200. 1849 S. 155.

4) S. Bauernschmid in d. Wien. Zeitschr. f. Literatur u. Kunst. 1831. Nr. 148. S. 1184 ff.

5) Neuerlich will man aber Meersaurier von ungeheurer Größe im Meerbusen von Californien entdeckt haben. S. Ausl. 1849 S. 155.

105

scheinen, da unter den Fossilien nie Menschenknochen gefunden worden sind ¹), wie Cuvier gegen Scheuchzer (Homo diluvii testis. Tiguri 1726. 4.) bewiesen hat ²), da er zeigt, daß der angeblich versteinert gefundene Mensch, den man 1726 zu Deningen entdeckt haben wollte, nichts als ein ungeheurer Salamander sein kann. Eher möchte der vorweltliche Pterodactylus, den man zu Ende des vorigen Jahrhunderts in den Kalkschichten der Grafschaft Pappenheim fand, der Typus des Drachen sein ³), der in den Wundersagen des Mittelalters eine so bedeutende Rolle spielt. Mit einem Worte, das Skelett des Hydrarchus hat der Sage von der Seeschlange eine sehr hohe Wahrscheinlichkeit gegeben. Zur Literatur s. Pfennigmagazin 1837. Bd. V. Nr. 203. S. 52 ff. Morgenblatt 1837. Nr. 216 ff. Böttcher im Dresdner Tageblatt 1846. Nr. 106 — 108.

1) S. Cuvier, Ossemens fossils. Ed. III. T. 1. p. 62.

2) Ossem. foss. T. V. P. II. p. 439.

3) S. Cuvier, Diss. s. les Revolut. du Globe. Paris 1835. T. I. p. 362. Allein der jetzt in der Bibliothek von Mons befindliche Kopf des sogenannten Drachen von Wasmes ist blos ein Crocodilkopf (s. Reiffenberg, Gilles de Chin Introd. p. LXVI sq.).

Verbesserungen.

S. 16 Anm. 1 Z. 3. statt xe lese man: ex.

S. 18 Anm. 7 Z. I. statt Dio Cass. L. I. 22. lese man: Dio Cass. LI. 22.

S. 46 Z. 4. v. o. nach folgende füge hinzu: wie schon weitläufig im 12. Jhdrt. Philipp de Thaun in seinem Gedichte Bestiary v. 768—790 (b. Wright, Popular treat. p. 101, sq.) erzählt.

14

Inhaltsverzeichniß.

Druck der Taubner'schen Officin in Dresden.

Reprint Publishing

Für Menschen, Die Auf Originale Stehen.

Bei diesem Buch handelt es sich um einen Faksimile-Nachdruck der Originalausgabe. Unter einem Faksimile versteht man die mit einem Original in Größe und Ausführung genau übereinstimmende Nachbildung als fotografische oder gescannte Reproduktion.

Faksimile-Ausgaben eröffnen uns die Möglichkeit, in die Bibliothek der geschichtlichen, kulturellen und wissenschaftlichen Vergangenheit der Menschheit einzutreten und neu zu entdecken.

Die Bücher der Faksimile-Edition können Gebrauchsspuren, Anmerkungen, Marginalien und andere Randbemerkungen aufweisen sowie fehlerhafte Seiten, die im Originalband enthalten sind. Diese Spuren der Vergangenheit verweisen auf die historische Reise, die das Buch zurückgelegt hat.

ISBN 978-3-95940-151-7

Faksimile-Nachdruck der Originalausgabe
Copyright © 2015 Reprint Publishing
Alle Rechte vorbehalten.

www.reprintpublishing.com